DER SCHATTEN DES LEUCHTTURMS

HANNAH HUSUM

KAPITEL EINS

Hauptkommissar Gabriel Behrens ließ sich auf seinem Bürostuhl zurückfallen und seufzte schwer. Wie sollte er das nur seinem Team erklären?

»Ich bitte um Rückmeldung. Und noch etwas, Behrens: keine Widerrede!« Mit diesen Worten hatte Generalstaatsanwalt Heinrichsen das soeben geführte Telefonat beendet.

Gedanklich ging Gabriel alle seine Optionen durch und kam immer wieder zum selben Schluss: Ihm und seinem Team blieb nichts anderes übrig, als sich Heinrichsens Anweisung zu fügen.

Ihm wurde flau im Magen, wenn er daran dachte, die anderen einzuweihen, wusste er doch nur zu gut, wie sie reagieren würden. Sie würden begeistert und völlig aus dem Häuschen sein. Nicht.

Dabei machte er sich weniger Sorgen um Merle, ihr würde die Idee vielleicht sogar gefallen. Seine Bedenken galten vor allem Schoki, Penny und Claude.

Er fragte sich immer noch, was Heinrichsen da

geritten hatte. Als ob sein Team so etwas nötig hätte. Sein Team! Mit der höchsten Aufklärungsquote überhaupt.

»Na, alles okay mit dir, Gabe? Du siehst aus, als hättest du einen Geist gesehen.« Wie aus dem Nichts war Merle neben ihm aufgetaucht.

»Jaja, alles gut, Merlin«, wiegelte er ab. »Wir müssen uns nachher mal alle zusammensetzen und etwas Wichtiges besprechen.«

»Oh, das klingt ja interessant. Komm, mach's nicht so spannend. Worum geht's? Ein neuer Einsatz?«, fragte Merle und in ihren Augen blitzte die Vorfreude.

Schön wär's, dachte Gabe und fühlte sich, als stünde ihm der Gang zum Schafott bevor.

»So was Ähnliches, ja.« Er holte tief Luft, rollte mit seinem Stuhl näher an den Schreibtisch und verfasste eine Rundmail an alle Teammitglieder, mit der Bitte, sich um 11:30 Uhr bei ihm einzufinden.

»Wow, gleich so offiziell«, sagte Merle kopfnickend. »Das muss ja echt was ganz Großes sein …«

Pünktlich um 11:30 Uhr standen Merle, Penny, Schoki und Claude vor ihm und warteten auf die Verkündung der Neuigkeiten.

»Also Leute, ich mach's kurz. Heinrichsen will, dass wir uns zu einem Teambuilding-Event anmelden.« Jetzt war die Katze aus dem Sack.

»Der will was?« Dass Penny nicht in Begeisterungsstürme ausbrechen würde, war ihm klar gewesen.

Claude verdrehte die Augen, Schoki schaute

gleichgültig drein und Merle war … *Begeistert?* Gabe sah etwas in ihren Augen aufblitzen, das er eindeutig als Vorfreude interpretierte. Das durfte doch wohl nicht wahr sein. Gab es auf dieser Welt irgendetwas, das diese Frau nicht ins Wanken brachte? Aber nein, Merlin war eben Merlin. Neugierig und unerschütterlich.

»Er hat wohl noch ein paar Euro in seinem Etat übrig, die wir dafür auf den Kopf hauen können.« Gabe hob die Arme in einer entschuldigenden Geste. »Außerdem hat er mir vorhin eine Broschüre gemailt, aus der wir uns etwas aussuchen können. Für den Fall, dass wir es schaffen, uns auf eine Sache zu einigen, sollen wir ihm Bescheid geben, damit er gleich für uns buchen kann.«

»Okay, zugegeben, wir als Team haben so was doch nicht nötig, oder?«, warf Penny ein. »Aber ich verstehe durchaus den Sinn dahinter.«

»So, und der wäre?« Claude sah sie über den Rand ihrer überdimensional großen Brille lauernd an.

»Na, dass wir eben noch besser zusammenwachsen, als es bisher der Fall ist. Beim Teambuilding werden die Effizienz der einzelnen Teammitglieder und somit der ganze Arbeitsprozess erhöht und verbessert«, erklärte Penny stolz.

»Wo hast du denn den Quatsch her?«, fragte Schoki. »Aus dem Lehrbuch für angehende Agenten? So ein Bullshit. Du glaubst doch wohl nicht an so einen Mist, oder?«

»Das ist kein Mist, das ist wissenschaftl…«

»Ruhe, meine Damen. Es geht hier auch gar nicht um den Sinn oder Unsinn dieser Aktion, es geht darum, dass wir uns für irgendeine dieser Aktivitäten hier entscheiden müssen. Und zwar bald.« Gabriel deutete auf seinen Monitor.

»Oh, da gibts einen Lebendkicker!«, sagte Merle.

»Dafür sind wir zu wenig Leute«, antworte Gabe. »Dazu müssten wir mindestens zu zehnt sein. Also fällt das schon mal flach.«

»Schade«, maulte Penny. »Dazu hätte ich mich auch hinreißen lassen.«

»Haha, wer's glaubt. Das sagst du doch jetzt nur, weil die Nummer vom Tisch ist.« Claude schob ihre Brille nach oben und inspizierte das Angebot. »Schaut mal, hier gibt's eine Kanufahrt. Wäre das nichts?«

»Laaangweiliiiig«, sagte Schoki gedehnt. »Wenn, dann brauchen wir schon was mit Action. Wie wäre es mit dem Filmevent? Das ist ab fünf Personen. Also genau richtig für uns.«

»Ernsthaft? Du willst nach einem vorgefertigten Drehbuch und in Kostümen, die vor dir schon was weiß ich wie viele Leute nassgeschwitzt haben, einen Film drehen und den im Anschluss auf der ›Premiere‹ auch noch anschauen?« Gabriel verdrehte die Augen und sah sich zusammen mit seinem Team morgen noch hier sitzen und über die verschiedenen Möglichkeiten diskutieren.

»Vorschlag«, sagte Merle. »Wir nehmen drei Events in die engere Wahl und lassen dann das Los entscheiden.«

»Na, das ist zur Abwechslung mal ein super Vorschlag«, warf Penny ein. »Und welche drei nehmen wir in die engere Wahl?«

»Schoki will was mit Action. Claude, wie sieht's bei dir aus? Und Penny? Was ist dir wichtig?«

Nach einigem Hin und Her und Für und Wider konnten sie sich schließlich auf drei Events einigen. Zur Wahl standen eine Wattwanderung mit Boßeldiplom, wofür sie sich mit anderen zusammentun mussten, da diese erst ab dreißig Personen war, ein Nachmittag auf der Kartbahn oder FREXIT, einem Live-Escape-Room.

Gabriel kritzelte die drei Optionen auf jeweils einen Zettel, faltete diese fein säuberlich zusammen und mischte sie ordentlich durcheinander.

»So, wer möchte ziehen und damit über die Zukunft unseres Teams entscheiden?«, fragte er und lachte, während er seine weiblichen Teammitglieder musterte. »Na, nicht alle auf einmal, immer schön der Reihe nach.«

»Okay, ich mach's«, sagte Merle.

»Warum ausgerechnet du?« Penny stemmte die Hände in ihre Hüften und sah sie angriffslustig an. »Du willst doch nur schummeln, damit wir deinen Vorschlag machen.«

»Na, aber von euch will ja offensichtlich keiner. Also, was ist jetzt?«

Gabriel schlug seine Hände über dem Kopf zusammen. Das durfte doch wohl nicht wahr sein. So gut sie als Team auch funktionierten, wenn es darum ging, Verbrechen aufzuklären, so wenig klappte es, sich auf etwas so Simples wie eine Freizeitbeschäftigung zu einigen.

Nach einer weiteren Viertelstunde, in der sie diskutierten und zu keinem Ergebnis kamen, schlug Gabe mit der Faust auf den Schreibtisch, wobei einer der zusammengefalteten Zettel auf den Boden fiel.

»Na bitte, da haben wir unsere Entscheidung.« Er bückte sich, hob den Zettel auf, entfaltete ihn ganz langsam und setzte ein böses Grinsen auf. »Leute, es geht ab in den Live-Escape-Room! FREXIT, wir kommen! Das wird ein Spaß …«

»Das war ja einfach«, stellte Merle fest. »Warum nicht gleich so?«

»Ja, und es hat auch überhaupt nicht weh getan«, stimmte ihr Penny zu. Dann fielen sie alle gemeinsam in ein befreiendes Lachen ein.

Claude war die Erste, die sich wieder im Griff hatte. »Steht denn schon ein Termin?«

»Ich würde sagen, je früher wir es hinter uns bringen, umso besser«, sagte Gabriel. »Die Details kläre ich gleich mit Heinrichsen.«

Fünf Minuten und ein Telefonat mit Heinrichsen später stand fest, dass das kommende Wochenende ganz im Zeichen des Teambuildings stehen würde. Jetzt, da es kein Zurück mehr gab, sahen sie die ganze Aktion als etwas, das sie gemeinsam als Team unternahmen, etwas, das sie zusammenschweißte und vielleicht sogar an ihre Grenzen brachte. Andere gingen zum Wandern, wiederum andere trafen sich im Biergarten und sie – sie gingen in ein Live-Escape-Game, um den einfältigen Spielleitern zu zeigen, was nicht nur jeder Einzelne von ihnen, sondern das ganze Team auf dem Kasten hatte. Was sollte da schon schiefgehen …

KAPITEL ZWEI

»Sind Sie sicher, dass wir hier richtig sind?« Gabriel sah aus dem Fenster des ramponierten Jeeps, der sie über verlassene Feld- und Schotterwege an ihr Ziel bringen sollte. Als er aus der stark verschmutzten Windschutzscheibe blickte, entdeckte er in der Ferne hohe Zäune mit Stacheldraht am oberen Ende. Verschiedene Warnschilder in Rot und Gelb waren am Maschendrahtzaun angebracht.

Das Fahrzeug war völlig demoliert, und Gabriel wunderte sich, dass das Ding überhaupt durch den TÜV gekommen war. Überall waren rostige Stellen, Dellen und Lackabplatzer, Risse zierten sowohl die Windschutz- als auch die Heckscheibe. Die Bremsen wirkten auch nicht sonderlich vertrauenerweckend und gaben bei jeder Betätigung des Bremspedals ein fürchterliches Quietschen von sich. Gabriel hatte nicht viel Ahnung von Fahrzeugen, vor allem nicht, was die Technik anging, aber selbst ihm war klar, dass hier Eisen auf Eisen ging.

»Keine Angst, ich mache das nicht zum ersten Mal«, antwortete der Fahrer und zog seine Baseballkappe tief ins Gesicht, um seine Augen vor der blendenden Sonne zu schützen.

Wieder quietschte etwas, das alle herumfahren ließ.

»Was war das denn?«, fragte der Fahrer und kratzte sich an der Stirn.

»Keine Ahnung ...«, sagte Merle. »Klang komisch. Vielleicht sollten Sie den Wagen demnächst mal in die Werkstatt bringen.«

Gabriel pflichtete ihr nickend bei. »Sie machen hier aber einen Riesenaufriss, hm? Das da vorn sieht aus wie ein ehemaliges Militärgelände. Ist das überhaupt legal?«, fragte Gabriel und fing sich damit einen Ellbogen von Merle in die Rippen ein. Im Hintergrund sah er den Westerhever Leuchtturm aufragen, wie einen mahnend erhobenen Zeigefinger.

»Jetzt hör doch mal auf!«, zischte sie.

Nun drehte sich auch Penny vom Beifahrersitz zu ihnen nach hinten um, wo sie sich zu viert die Rücksitzbank teilten, und rollte mit den Augen. »Nervös, oder was, Gabe?«

»Haha, sehr witzig«, murmelte Gabriel.

Der Jeep bremste vor einem Tor im Zaun, das mit einer Kette und einem Vorhängeschloss gesichert war. Gabriel sah sich aufmerksam um und fühlte sich an diese neue Netflix-Serie erinnert, wo ein Mann seine Familie in genau so einem Bunker gefangen gehalten hatte. Der Titel wollte ihm gerade nicht einfallen, aber es war irgendwas mit Kind.

»Sie bekommen von mir nachher gleich Funkgeräte ausgehändigt, über die Sie sowohl untereinander als auch mit uns kommunizieren können. Die genauen Regeln erkläre ich Ihnen, sobald wir drin sind.« Mit diesen Worten öffnete er die Fahrertür und sprang hinaus. »Bin gleich wieder da.«

»Hier stimmt doch was nicht, oder? Merkt ihr das nicht auch?«, fragte Gabriel.

»Jetzt mach aber mal 'nen Punkt! Du bist es doch gewesen, der uns das hier eingebrockt hat«, warf ihm Claude an den Kopf.

»Ja, weil ich musste. Heinrichsen hat mich mehr oder weniger dazu gezwungen.«

»Ja, und du hast sein Spielchen mitgespielt. Teambuilding, Escape-Game – komm schon, das ist doch Kindergarten.«

Merle ging dazwischen. »Jetzt hört endlich auf zu streiten. Wir sind jetzt hier und ziehen das gefälligst als Team durch. Wo ist euer Problem? Habt ihr Muffensausen, oder was?«

Der Fahrer zwängte sich wieder hinters Steuer und steuerte den Jeep auf das Gelände. »So, hier wären wir«, sagte er, nachdem er das Fahrzeug vor einem völlig heruntergekommenen Bunker geparkt hatte.

Sie stiegen aus und sahen sich um. Überall um sie herum standen baufällige Betonbunker, die sich die Natur im Begriff war zurückzuerobern. Wie graue, von Moos bewachsene Pilze standen die Gebäude auf dem weitläufigen, von einem mannshohen Zaun mit Stacheldraht umgebenen Gelände. Manche der Ruinen sahen aus wie Riesen mit Zahnlücken, die bösartig grinsten. Wiederum andere der Bunker waren in etwas besserem Zustand, was darauf schließen ließ, dass sie noch benutzt oder zumindest regelmäßig gewartet wurden.

Die metallene Eingangstür des Gebäudes, das sie im Begriff waren zu betreten, war völlig verrostet und hing schief in den Angeln. Kaum vorstellbar, dass man hier auf dem Gelände überhaupt ein solches Event abhalten durfte, aber das behielt Gabriel lieber für sich. Misstrauisch sah er sich um.

»Sie sind bestimmt Bu…, äh, von der Polizei, hm?«, fragte der Fahrer und grinste.

»Wie kommen Sie denn darauf?«, wollte Gabriel wissen.

»Weil die immer am misstrauischsten sind. Ist immer das Gleiche.« Der Mann lachte und fasste sich in die Brusttasche seines Overalls, aus der er eine Packung Zigaretten fischte. Nachdem er sich eine davon angezündet und den Rauch tief inhaliert hatte, fing er an zu husten und fragte: »Noch jemand?«

Alle Umstehenden verneinten.

»Dann eben nicht«, sagte der Mann. »Ich bin übrigens Jupp und bin heute euer Spielleiter. Wir warten noch auf jemanden und dann kann's auch schon losgehen. In der Zwischenzeit mache ich auch mit den wichtigsten Regeln vertraut.«

Regeln, dachte Gabriel. Als ob sie heute bei einem Spieleabend wären. Was er von Escape-Games wusste, beschränkte sich im Grunde darauf, dass es darum ging, sich aus einem Raum zu befreien, indem man zuvor sorgfältig platzierte Hinweise geschickt kombinierte oder Rätsel löste.

Wieder musste er an diese Netflix-Serie denken. Speziell an diese eine Szene ganz am Anfang, wo ein

Mitglied eines Spezialeinsatzkommandos ein Bein verloren hatte, weil er in eine Sprengfalle getappt war. In der Serie war das gesamte Gelände vermint gewesen. Bei dem Gedanken schüttelte es ihn und ließ es ihm eiskalt den Rücken hinunterlaufen.

Der Mann, der sich ihnen als Jupp vorgestellt hatte, hustete abermals und machte sich dann an der verrosteten Eisentür zu schaffen, die mit lautem Quietschen ihren Protest kundtat. »Keine Angst, das gehört alles dazu«, versicherte ihnen Jupp und wies ihnen mit einer Hand den Weg nach drinnen.

Sobald sie durch die Tür getreten waren, umfing sie ein modriger Geruch. Es roch nach Staub und Schimmel, die Luft war abgestanden und erweckte den Eindruck, als wäre hier schon länger nicht mehr ordentlich gelüftet worden.

Es surrte und plötzlich ging das Licht flackernd an. An der Decke waren in einigen Metern Abstand Leuchtstoffröhren angebracht, wo es sich Spinnen mit ihren Netzen gemütlich gemacht hatte. Die Decke war so niedrig, dass Gabriel den Kopf ein wenig einziehen musste, um ihn sich nicht zu stoßen.

»Keine Sorge, das ist nur der Vorraum. Sobald wir drin sind, wird es besser.« Jupp deutete ihnen den Weg durch den Gang, an dessen Ende eine weitere Tür war, über der ein Schild mit der Aufschrift ›Zentrale‹ hing. Vermutlich war das der Raum mit den Monitoren, von wo aus die Spielleitung alles überwachte, um sicherzustellen, dass sich jeder an die Regeln hielt.

»Also, im Prinzip ist es ganz einfach«, erklärte Jupp. »Gegenstände mit Aufklebern dürfen nicht berührt werden. Es ist verboten, Gegenstände einzustecken oder mitzunehmen. Bitte achten Sie darauf, keine Gewalt anzuwenden. Wenn ein bestimmter Gegenstand eine Funktion hat, dann geht das ohne Gewalt und auch nur einmal. Die Zeitvorgabe sind 90 Minuten, während derer Sie unterschiedliche Dinge im Raum beziehungsweise in den Räumen untersucht und geschickt kombiniert. Die Räume leiten Sie durch die einzelnen Rätsel und entführen Sie in eine andere Welt. Sie werden überrascht sein, wie schnell Sie die Zeit vergessen. Achtung: Sie sind die ganze Zeit über nicht auf sich allein gestellt, denn ich sehe und höre Sie zu jeder Zeit. Falls Sie mal nicht weiterkommen, helfe ich gern mit einem dezenten Hinweis.«

Gabriel verdrehte die Augen. Als ob sie Hinweise bräuchten. Wie schwer konnten die *Rätsel* schon sein?

Jupp öffnete die Tür zur Zentrale und präsentierte ihnen eine ganze Reihe von über- und nebeneinander angeordneten Monitoren, die verschiedene Räume aus unterschiedlichen Perspektiven zeigten. Auf dem Schreibtisch davor war eine Art Mischpult, vermutlich eine spezielle Tastatur, mit der die verschiedenen Kameras angesteuert werden konnten, aber Gabriel wusste es nicht mit Sicherheit. Auf den ersten Blick sah alles danach aus, als wäre hier technisch alles auf dem allerneusten Stand, was ihn einigermaßen irritierte, weil es doch in grobem Kontrast zu allem anderen stand.

Irgendwo in den Tiefen des Bunkers summte und brummte etwas. Gabriel schätzte, dass es eine Klimaanlage sein musste, denn er spürte einen seichten Luftzug am Ohr.

»Ich habe gerade die Klimaanlage eingeschaltet«,

erklärte Jupp, nachdem er einen Schalter auf seinem Pult betätigt hatte.

Beruhigt von der Tatsache, dass sie hier schon mal nicht ersticken würden, atmete Gabriel tief durch.

»Alle Wertsachen bitte hier in die Spinde legen. Ihre Handys bitte ausschalten und ebenfalls in die Fächer legen. Spitze Gegenstände wie Haarklammern, Messer und so weiter sind auch nicht erlaubt.«

Claude sah zu Schoki, die ihre wilden Locken hochgesteckt hatte und entnervt anfing, die Haarnadeln aus ihrer Frisur zu lösen.

»Zufrieden?« Sie verdrehte die Augen und warf Jupp einen giftigen Blick zu. »Man kann es aber auch übertreiben.«

Gabriel drehte seine Bauchtasche so, dass sie von vorn wie ein Gürtel aussah und die Tasche sich in seinem Rücken befand, wo sie von seinem Hemd verdeckt wurde. Die Tasche würde er garantiert nicht hierlassen.

Nachdem alle Wertgegenstände wie Geldbörsen und Handys sowie Haarnadeln und Handtaschen in den Spinden verstaut waren, führte Jupp sie tiefer in die Bunkeranlage hinein.

Wenigstens sind die Spinde videoüberwacht, dachte Gabriel, als er die kleine Kamera gegenüber den Metallschränken an der Decke entdeckte.

»So, hier entlang bitte. Passen Sie bitte auf, wo Sie hintreten. Aber wie ich sehe, haben Sie gutes Schuhwerk an.« Jupp öffnete weitere Türen, bog mit ihnen im Schlepptau einige Male ab und schon bald hatten Gabriel und sein Team die Orientierung verloren. Im Dämmerlicht sah er einige Zeichen an der Wand, deren Bedeutung sich ihm nicht erschloss. Vielleicht war das eine Art Militärcode? Aber wie es aussah, kannte sich Jupp hier aus und schien das tatsächlich nicht zum ersten Mal zu machen, was ihn beruhigte. Trotzdem leuchtete eine kleine Warnleuchte in ihm, die ihm pausenlos das Gefühl gab, dass hier etwas nicht stimmte. Nur konnte er nicht sagen, was es war. Angefangen bei dem Fahrzeug, das sie hierher brachte, bis zu dieser Anlage, sträubte sich alles in ihm. Das Event hatte Heinrichsen angeblich über einen bekannten Veranstalter gebucht, umso mehr wunderte es Gabriel, dass dieser solche ramponierten Autos benutzte und die Events auf zwielichtigen Militärgelände veranstaltete. Vielleicht ging es aber auch darum, dass niemand mitbekommen sollte, wo diese Escape-Rooms waren. Natürlich! Deshalb waren an dem Jeep keinerlei Aufkleber des Veranstalters angebracht. Zu guter Letzt schlichen sich hier noch ein paar Jugendliche aufs Gelände und würden hier alles ruinieren.

»Und eine Bitte hätte ich noch«, sagte Jupp, bevor er sich daran machte, eine weitere Tür zu öffnen. »Erzählen Sie bitte niemandem von den Rätseln und was Sie hier in dem Spiel erwartet. Schließlich wollen auch andere noch ihren Spaß daran haben.«

Das leuchtete Gabriel ein und er und sein Team nickten.

»Selbstverständlich«, sagte Claude. »Wäre ja auch total langweilig, wenn jemand alles vorher spoilern würde.«

»Genau darum geht es«, murmelte Jupp. »So, hier entlang bitte.«

Gabriel, Schoki, Penny, Merle und Claude betraten einen schummrig beleuchteten Raum, der auf den ersten Blick wie eine Art Büro wirkte.

»Bitte erschrecken Sie nicht, wenn ich gleich die Tür hinter Ihnen schließe. Das gehört zum Spiel. Sollten Sie nicht weiterkommen oder aus irgendeinem Grund abbrechen wollen, so kontaktieren Sie mich bitte jederzeit über Funk.« Jupp kramte in einer Umhängetasche und reichte jedem von ihnen ein Walkie-Talkie. »Die Akkus sind geladen. Bitte testen Sie die Geräte.«

»Test, eins, zwei«, sagte Gabriel und die anderen Geräte erwachten rauschend zum Leben.

»Wenn Sie den Regler an der Seite auf 1 stellen, dann landen Sie bei mir, in der aktuellen Einstellung können Sie untereinander kommunizieren.«

Gabriel fragte sich, wozu das gut sein sollte und warum sie untereinander funken sollten, sie waren doch schließlich alle im selben Raum. Aber vermutlich würde das schon seinen Sinn haben.

»Scheint alles korrekt zu funktionieren«, bestätigte er.

Jupps Funkgerät erwachte knisternd zum Leben und eine Stimme bestätigte, dass die Person, auf die Jupp gewartet hatte, jetzt da sei. »Dann kann es jetzt losgehen. Die Zeit läuft ab jetzt«, sagte Jupp und wandte sich zum Gehen.

Nachdem die Tür hinter Gabriels Team ins Schloss gefallen war, sahen sie sich um.

KAPITEL DREI

Merle zuckte erschrocken zusammen, als die Tür in ihrem Rücken mit einem lauten Knall ins Schloss fiel.

»Ich weiß nicht, wie es euch geht, aber ich komme mir vor, als hätte man mich soeben eingekerkert«, murmelte sie.

»Wie war das vorhin noch mit Schiss?«, zog Claude sie auf. »Jetzt zeigen wir denen mal, was wir auf dem Kasten haben. Das wäre doch gelacht.« Demonstrativ krempelte Merle die Ärmel ihres Langarmshirts hoch und ging weiter in den Raum hinein. In der diffusen Beleuchtung wirkte das Szenario wie ein x-beliebiges Büro aus den Siebzigerjahren. Alte, abgegriffene Möbel, ein zerschlissener Bürostuhl vor einem Schreibtisch, der sich längst auf den Sperrmüll gehörte. Darauf ein riesiger Monitor, vermutlich nicht funktionsfähig, sondern vielmehr so ein Teil, wie sie zuhauf in Möbelhäusern zur Dekoration benutzt wurden. Davor eine kabelgebundene, in diesem Fall aber kabellose Tastatur, denn dieses war gekappt worden. *Wahrscheinlich ein möglicher Hinweis von vielen,* dachte Merle.

Sie ging zur Vorderseite des Schreibtischs und sichtete die Unterlagen, vermutlich irgendwelche ›Akten‹, die darauf ausgebreitet lagen.

»Hey, was ist mit euch? Seid ihr festgewachsen, oder was?«, fragte sie an den Rest ihrer Truppe gerichtet. »Während ihr in euren Nasen bohrt, hole ich uns hier ganz allein raus. Los, kommt schon und helft mir.«

Als sie zu ihnen hinübersah, erkannte sie Gabriels starren Gesichtsausdruck. Vorsichtig drehte sie sich um, in Erwartung einer Riesenspinne oder irgendetwas ähnlich Gruseligem, das ihr gerade noch gefehlt hätte. Doch da war nichts.

»Was ist?«, fragte sie, als sie sich Gabriel wieder zugewandt hatte.

»Blablaquatschi«, murmelte Gabriel. »Er ist mir aus der Tasche entwischt.«

»Nicht dein Ernst, oder? Du hast Blablaquatschi mitgenommen?« Merle stemmte ihre Hände in die Hüften und sah ihn übertrieben streng an. »Ich habs mir vorhin schon gedacht … Aber wo ist das Problem? Funk doch Jupp an, der lässt dich raus und dann …« Merle verstummte, als sie ihren Satz zu Ende dachte. In dem Wirrwarr an Gängen und Räumen wäre es alles andere als ein Kinderspiel, den kleinen Racker wieder einzufangen. Sie brauchte bloß an ihren Einsatz auf dem Kreuzfahrtschiff zurückdenken und ein Schauer durchfuhr sie. »Mist!«

»Du sagst es«, meinte Gabriel. »Aber BBQ ist ein schlaues Kerlchen. Mit etwas Glück versteckt er sich oder treibt unsere Spielleiter in den Wahnsinn. Ich hoffe ja auf Letzteres. Spätestens wenn er Hunger hat, wird er einen Weg hier reinfinden.« Penny, Schoki und Claude nickten ihm bejahend zu.

»Was nimmst du den kleinen Kerl auch überall mit hin?«, fragte ihn Merle vorwurfsvoll. »Der würde doch während der paar Stunden, in denen du weg bist, zu Hause nicht verhungern.«

»Erstens erinnere ich dich gern daran, dass er dir bei unserem letzten Einsatz das Leben gerettet hat …«

»Moment mal«, unterbrach sie Gabriel. »Ich wäre niemals in die Situation gekommen, wenn ich BBQs Köttel nicht auf dem Gang entdeckt hätte!«

»Dann hätten wir aber auch die Leiche so schnell nicht entdeckt, aber sei's drum. Und zweitens würdest du es nicht verstehen.« Gabriel sah betreten zu Boden und zuckte mit den Schultern. »Jetzt ist das Kind schon in den Brunnen gefallen. Der kleine Teufel ist wieder mal ausgebüchst. Sehen wir zu, dass wir hier so schnell wie möglich rauskommen.«

»Also, wie sieht's aus? Bereit für ein wenig Action?« Claude klatschte in die Hände, ging zu Merle hinüber und half ihr dabei, die Unterlagen zu sichten.

Die anderen drei verteilten sich im Raum und inspizierten jede Ecke, jede Nische und jeden noch so kleinen Winkel.

»Hier ist was«, sagte Schoki. »Sieht mir zumindest verdächtig aus.«

»Schoki, hast du vorhin nicht aufgepasst?«, tadelte Claude sie. »Von Dingen, auf denen Aufkleber sind, sollen wir die Finger lassen.«

»Ist ja schon gut«, sagte sie und sah sich weiter um.

Merle inspizierte den Schreibtisch vor ihr nun etwas genauer. Allem Anschein nach hatte ein Linkshänder das Szenario hier vorbereitet, oder es sollte zumindest so wirken, als würde hier ein Linkshänder arbeiten. Eine leere Kaffeetasse stand links neben dem Monitor, der Henkel auf der linken Seite. Auch die Maus, natürlich ebenso ohne Kabel wie die Tastatur, war links neben der Tastatur. Am liebsten würde sie diese anheben und die Unterseite in Augenschein nehmen, aber die Tastatur war so versifft und schmutzig, dass sie diese ohne Handschuhe nicht anfassen wollte.

»Wäre jemand von euch so nett und würde die Tastatur umdrehen?«, fragte sie in die Runde.

Claude sah sie überrascht an. »Das bisschen Schmutz …«

»Bitte keine Grundsatzdiskussion an dieser Stelle«, ging Gabriel dazwischen, der Claude nur allzu gut kannte und wusste, wie das Ganze hier enden würde.

»Schon gut.« Claude hob die Tastatur hoch und drehte sie so, dass Merle die Unterseite gut sehen konnte.

»Wusste ich's doch!« Sie reckte eine Siegerfaust in die Luft. »Hier steht eine Art Code oder Passwort drauf. Tztztz. Einfacher geht's ja wohl wirklich nicht mehr.«

»Und was sollen wir mit dem Code anfangen?«, fragte Schoki. Sie wickelte sich eine ihrer Locken um den Finger und kaute gelangweilt auf einem Kaugummi herum. »Sollen wir den mithilfe der Tastatur eingeben?«

»Haha, sehr witzig. Natürlich nicht. Dort drüben

an der Wand sind fünf Vorhängeschlösser nebeneinander angebracht, falls ihr die bisher noch nicht gesehen haben solltet.« Merle ging an die rückwärtige Wand und sah sich die Vorhängeschlösser an, die man alle mittels einer dreistelligen Zahlenkombination öffnen konnte. Jedes Schloss sicherte dabei eine Art Kasten, zumindest sah es danach aus, als könnte man einen Deckel aufklappen, wenn man das entsprechende Schloss entfernte. Unter jedem Schloss standen von links nach rechts die Ziffern 1 bis 5.

»Der Code unter der Tastatur ist fünfzehnstellig«, fuhr Merle fort.

»Moment«, sagte Claude. »Das hast du bei dem kurzen Blick, den du darauf geworfen hast, erkannt?«

»Natürlich. Ich habe eine fotografisches Gedächtnis und kann dir sogar die Nummernfolge aufsagen. 5-4-5…« »Schon gut, schon gut.« Claude winkte ab. »Also, was machen wir mit dem Zahlencode? Welches Schloss hat welche Nummernkombination?«

»Habt ihr ein Glück, dass ihr mich dabeihabt.« Penny schnappte sich die Tastatur und ging zu den Schlössern. Dann stellte sie beim fünften Schloss die Zahlenkombination 5-4-5 ein und öffnete das Schloss.

»Woher wusstest du …?«, fragte Gabriel.

»Die Quersummen der Dreierblöcke stehen jeweils für die Position des Schlosses an der Wand. Die Quersumme von 5-4-5 ist 5, also Schloss Nummer 5.«

»Das leuchtet ein. Aber wie bist du so schnell darauf gekommen?«, fragte Schoki.

»Habt ihr alle *Illuminati* nicht gesehen?«, fragte Penny und erntete reihum Kopfschütteln. »Nein, Spaß. Als Kind musste ich in den Ferien oft in diese unsäglichen Bespaßungscamps, auf die sich die Eltern das ganze Jahr über wie verrückt freuten. Für mich waren die zu Beginn der reinste Albtraum. Aber irgendwie hatte ich dort auch jede Menge Spaß und lernte einige Leute kennen, die genauso tickten wie ich und gern tüftelten und Rätsel lösten. Unter anderem haben wir auch …«

»Okay, Penny, das reicht. Wir haben verstanden«, unterbrach Schoki Pennys Redefluss.

»Also, wer von euch möchte den Kasten öffnen?« Penny sah in die beeindruckten Gesichter ihrer Teammitglieder.

»Ich würde sagen, dir gebührt die Ehre, denn schließlich war es deine Idee«, schlug Gabriel vor und alle anderen stimmten ihm zu.

Penny fädelte den Verschluss des Schlosses aus der Öse und klappte den Deckel auf. Zum Vorschein kam ein altmodischer, grauer Kippschalter, dessen Funktion sich ihnen nicht erschloss – zumindest nicht auf den ersten Blick.

»Vielleicht sollten wir erst noch die anderen Schlösser öffnen?«, meinte Merle.

KAPITEL VIER

Claude verdrehte ihre Augen und unterdrückte ein Seufzen. Sie hatte sich auf einen actionreichen Tag mit ihren Kollegen gefreut, stattdessen standen sie in einem miefigen Bunker und lösten Rätsel. Ohne Leiche war es irgendwie nicht das Gleiche. Irgendwas fehlte ihr, das ihr die Lebenden nicht geben konnten.

Immerhin einen Lichtblick gab es: Es hatte den Anschein, als könnten sie ihrer Teambuilding-Maßnahme schon bald ein Ende setzen, denn sie hatten bereits die fünf Schlösser geöffnet und starrten nun alle gebannt auf die fünf altmodischen Schalter, die die Klappen offenbart hatten.

»Und jetzt?«, fragte Gabriel und sah Penny abwartend an.

»Was siehst du mich so an?«, antwortete Penny. »Woher soll ich das wissen? Ich hab die Schlösser geknackt, jetzt dürft ihr mal ran. Na los, zeigt mal, was in euch steckt.«

Penny schritt vor den Schaltern auf und ab und sah

sich einen nach dem anderen an. »Scheinen sich nicht zu unterscheiden. Einer sieht aus wie der andere. Wozu die wohl gut sind?«

»Find wir's raus«, sagte Gabriel und legte den ersten Schalter um.

Nichts passierte.

»Mhm, und jetzt?«, fragte Claude. »Das war ja wohl ein Schuss in den Ofen.«

»Jetzt sei doch nicht immer so ungeduldig. Vielleicht sollten wir das Ganze mit System angehen«, schlug Schoki vor.

»Und wie ich dich kenne, hast du bestimmt schon eine Idee.« Merle setzte einen gespielt strengen Blick auf und stemmte ihre Hände in die Hüften. »Na?«

Schoki legte die restlichen Schalter der Reihe nach um.

»Wie, das soll dein System gewesen sein?« Gabriel lachte auf. »Das hätte ich auch gekonnt.«

»Gekonnt ja, aber getraut hättest du dich nicht.« Claude drehte sich einmal um die eigene Achse. »Wieder nichts passiert. Komisch.«

»Pst. Seid mal kurz leise«, bat Merle sie. »Hört ihr das auch?«

»Was? Ich höre nichts«, sagte Claude.

»Das ist es ja. Das dumpfe Dröhnen der Klimaanlage – es ist nicht mehr zu hören.« Merles Augen wurden groß. »Ob das Absicht ist? Damit wir in Stress geraten, vielleicht?«

Plötzlich begann die Beleuchtung zu flackern.

»Was ist das denn jetzt?«, fragte Schoki.

»Ich tippe auf Stromschwankungen.« Penny zuckte mit den Schultern. »Die Klimaanlage, die Beleuchtung.

Ich schätze, dass die Leitungen nicht gerade den neuesten Bauvorschriften entsprechen.«

»Ruhig bleiben, Leute. Wir haben schon schlimmere Situationen gemeistert.« Claude runzelte ihre Stirn und dachte nach. »Wenn es irgendwas außer der Reihe wäre, hätte sich Jupp bestimmt schon gemeldet. Kein Grund zur Beunruhigung würde ich sagen.« Sie lehnte sich gegen ein Bücherregal, das den Eindruck verstärken sollte, dass es sich hierbei tatsächlich um eine Art Büro handelte. »Hat jemand von euch eine Taschenlampe dabei? Ich meine nur für den Fall der Fälle.«

»Warum? Hast du etwa Angst im Dunkeln?«, fragte Merle.

»Noch ist es nicht dunkel«, sagte Claude. »Aber wie sollen wir bitte die Rätsel lösen und hier rauskommen, wenn es stockfinster ist?«

Nachdem das Licht noch einige Male geflackert hatte, schien die Schwankung vorüber zu sein und es leuchtete wieder, als hätte es nie einen Zwischenfall gegeben.

»Na also, geht doch«, murmelte Claude. »Huch!« Sie entfernte sich vom Regal, das sich durch ihr Gewicht ein Stück bewegt hatte.

»Was ist das denn? Etwa eine Geheimtür?« Penny rieb ihre Handflächen aneinander und grinste diebisch. »Da hast du deine Action, Claude.«

Alle starrten Penny an.

»Was ist?«

»So fangen Horrorfilme an«, sagte Merle und grinste. »Worauf warten wir noch?«

Jupp machte es sich in seinem Sessel bequem und beobachtete die Fünfergruppe über die Monitore. Er wollte sich gerade eine Zigarette anzünden, als die Bildschirme an der Wand vor ihm zu flackern began-nen. Auch die nackte Glühbirne, die nur an einem Draht hängend von der Decke baumelte, blinkte ein paarmal, bis sie sich dazu entschied, dauerhaft zu leuchten, und die Monitore zeigten wieder ein klares Bild.

Komisch, dachte Jupp, zuckte mit den Schultern und zündete sich die Kippe an. Er schaute auf seine Armbanduhr und wunderte sich, wo sein Kollege, der sich vorhin über Funk bei ihm gemeldet hat, blieb. Hannes müsste eigentlich schon längst hier sein. Er nahm einen tiefen Zug von seinem Glimmstängel, inhalierte den Rauch und stieß ihn gedankenverloren in Kringeln wieder aus.

Nach weiteren fünf Minuten nahm er sein Funkgerät zur Hand und funkte Hannes an. »Jupp an Hannes. Wo bleibst du?«

Keine Reaktion.

»Hannes, hörst du mich?«

Nichts.

Er warf einen Blick auf die Monitore und sah, dass die fünf Personen mit den Schlössern an der Wand beschäftigt waren. Danach beschloss er, dass die bestimmt kurz ohne ihn zurechtkamen, und er verließ die Überwachungszentrale, um nach seinem Kollegen Hannes zu schauen. Irgendwo musste der schließlich sein, denn er hatte sich ja bereits bei ihm gemeldet. Ein ungutes Gefühl breitete sich in seiner Magengegend aus, aber Jupp schob es auf das üppige Frühstück, das er zu sich genommen hatte, ehe er die heutigen Escape-Room-Teilnehmer hierher gebracht hatte. Wenn er nach seinem Kollegen suchte, dann konnte er bei der Gelegenheit auch gleich die Toilette aufsuchen, denn aus dem anfänglich nur unguten Gefühl braute sich gerade etwas Größeres zusammen, das er schnellstmöglich loswerden musste.

»Also, wer will zuerst?«, fragte Merle, als sie das Bücherregal zur Seite geschoben und die dahinter liegende Tür freigelegt hatten.

»Ich sehe zumindest keinen Aufkleber, der darauf hindeutet, dass wir die Finger von der Tür lassen sollen«, stellte Gabriel fest und fasste an die Klinke, die sich zwar herunterdrücken ließ, aber die Tür nicht öffnete. Er zog und drückte, doch sie blieb verschlossen.

»Dann wird es hier wohl irgendwo einen Schlüssel geben, nehme ich an. Alles andere wäre ja auch zu einfach. Lasst uns noch mal alles genau untersuchen.« Penny war mit Schoki wieder zum Schreibtisch gegangen und gemeinsam nahmen sie den unter der Tischplatte stehenden Rollcontainer in Augenschein.

»Und? Habt ihr was gefunden?«, fragte Merle, die die Bücher im Regal durchblätterte, in der Hoffnung dort fündig zu werden.

»Nope. Bisher Fehlanzeige.«

Claude ging auf alle viere und suchte den Boden sowie die Unterseite des Schreibtischs ab, konnte aber nichts finden, während Gabriel das Treiben skeptisch beäugte.

»Ihr liegt mir zu Füßen, wie schön«, sagte er und lachte. »Wann robben schon mal drei Frauen vor einem auf dem Boden herum?«

»Mir fallen da spontan ein paar Situationen ein …«, warf Schoki ein.

»Untersteh dich!«, zischte Penny und bedachte ihre Kollegin mit einem bösen Blick.

»Was denn? Man wird doch wohl einen Scherz machen dürfen.«

»Schön, dass ihr Spaß habt. Jetzt lasst uns endlich diesen Schlüssel finden und dann nichts wie raus hier. Ich hab das Gefühl, dass die Luft langsam immer dicker wird.« Claude stand vom Boden auf und kaute auf ihrer Unterlippe herum, dann schob sie die verrutschte Brille auf ihrem Nasenrücken zurecht.

»Schaut mal, ich glaube, ich hab hier was.« Merle wedelte mit einem Zettel, den sie in einem der Bücher entdeckt hatte, herum.

»Was soll das sein?« Penny schnappte danach und warf einen Blick darauf. »Sieht fast aus wie eine Schatzkarte.«

Auf dem Zettel waren gestrichelte Linien mit Zahlen daneben, die zu einem Kreuz führten. Allerdings gab es keinerlei Anhaltspunkte, wo der Bezugspunkt innerhalb des Raums war – falls sich die Wegbeschreibung überhaupt auf diesen hier beziehen sollte.

»Jeder stellt sich mit dem Rücken an eine Wand, Gabriel du stellst dich in die Mitte und gibst die Richtung mit der Anzahl der Schritte vor.« Wieder war Penny es, die die übrigen Teammitglieder mit ihrer Lösung überraschte.

»Woher …?«, setzte Merle an, ließ es aber dann bleiben und winkte ab. »Schon gut. Lass mich raten: Feriencamp?«

Alle lachten.

»Und das eine Mal, im Ferienlager, da hab ich mir eine Flö…«, begann Schoki.

»Du hast einen grottigen Geschmack, was Filme angeht«, unterbrach Gabriel sie.

»Ha! Du aber auch, wenn du das Zitat kennst«, konterte Schoki.

»Erde an Gabriel und Schoki. Könnten wir uns bitte wieder unserem Problem widmen? Danke.« Merle war sich nicht sicher, ob sie die Einzige war, die dem Dialog der beiden nicht folgen konnte, wollte sich aber die Blöße nicht geben. Am Ende würde sie sämtlichen Spott auf sich ziehen und darauf verzichtete sie gern. Während sie darüber nachdachte, fiel ihr auf, dass sie so gut wie gar nichts über das Privatleben ihrer Kollegen und Kolleginnen wusste. Sie arbeiteten so viel, dass Privates immer zu kurz kam. Von Schoki und Penny wusste sie nur, dass sie im Büro leben mussten. Egal wann sie kam oder ging, die beiden waren schon oder immer noch da. Claude war auch nicht gerade eine Person, die viel von sich preisgab. Und von Gabriel wusste sie auch nur, dass er sich seine Wohnung mit BBQ teilte, den er überall mit hinnahm, und er regelmäßig trainierte. *Schade,* dachte sie. *Da verbringt man den Großteil seiner Zeit miteinander und weiß so gut wie nichts voneinander.* Merle beschloss, das zu ändern.

»Lasst uns ein Spiel spielen«, schlug sie vor.

»Jetzt fängst du auch noch damit an«, sagte

Gabriel. Als Merle ihn fragend anstarrte und die anderen in Gelächter ausbrachen, ruderte er zurück. »Schon gut, vergiss es.«

»Welches Spiel? Erzähl. Ich liebe Spiele.« Penny stand mit dem Rücken zur Wand und konnte es kaum erwarten, endlich den Schlüssel zu finden.

»Jedes Mal, wenn Gabe eine neue Richtungsangabe macht, erzählt jeder reihum, was er in seinem Leben am meisten bereut.«

Schweigen.

»Das werte ich als ein Ja. Lasst uns loslegen.«

KAPITEL FÜNF

»Atemlooos duuurch diiie Naaacht, spüüür waaas Liiiebe miiit uuuns maaacht!« Unzählige Gäste der Hochzeitsgesellschaft, die am Westerhever Leuchtturm ausgelassen zu dem Partyhit tanzten, sangen den Text des Schlagers mit, obwohl diesen laut eigenen Angaben niemand kannte. Ein Phänomen, das es auch auf dem Film- und Buchmarkt gab. Keiner wollte den entsprechenden Film kennen, aber alle diskutierten mit.

Seit Mai waren offizielle Trauungen in Nordfrieslands beliebtestem Standesamt nicht mehr möglich, aber für die Tochter des Bürgermeisters von St. Peter-Ording hatte man eine Ausnahme gemacht.

Der Leuchtturm Westerheversand ragte auf einer Warft vor Nordfriesland vierzig Meter in die Höhe und bot mit seiner Abgeschiedenheit und dem großen Gelände ringsherum die ideale Location für ein Event dieser Größenordnung. Auch hier hatte die Gemeinde Eiderstedt nicht an ihren Vorschriften festgehalten.

Generalstaatsanwalt Erno Heinrichsen lehnte an

einem der vielen Stehtische und beobachtete die feiernden Gäste. Er hatte schon einiges getrunken und brauchte eine kurze Verschnaufpause. Swantje würde sonst auf die Idee kommen, ihn auf die Tanzfläche zu zerren. Heute war der große Tag seiner Nichte. In ihrem eigens für diesen Anlass maßgeschneiderten Kleid sah sie aus wie eine Märchenprinzessin. Verträumt beobachtete Heinrichsen Swantje dabei, wie sie ausgelassen mit den Partygästen tanzte und erinnerte sich bei ihrem Anblick an seine eigene Hochzeit vor vielen Jahren zurück. Das waren noch Zeiten, als man zu Livemusik das Tanzbein schwang, statt zu den Beats angesagter DJs.

»Hey, da bist du ja, Onkelchen!« Swantje klammerte sich wie eine Ertrinkende an seinen Oberarm. »Komm schon, lass uns ein bisschen Spaß haben.« Sie ließ ihn los und verpasste ihm einen leichten Stoß in die Seite.

»Ach, meine Kleine. Ich bin schon zu alt dafür. Aber später lasse ich mich gern zu einem Walzer überreden.« Er zwinkerte Swantje zu und widmete seine Aufmerksamkeit dem Bierglas auf dem Tisch.

Es war noch früher Nachmittag und er kam sich vor, als würde er wie eine 500-Watt-Glühbirne leuchten, obwohl er nach seinem Empfinden gar nicht so viel getrunken hatte. Erno hielt es da jedoch wie das berühmte Sprichwort: Man musste feste feiern, bevor man fiel – oder so ähnlich.

Endlich legte der DJ eine Pause ein, ehe es in die nächste Runde ging. Erno nutzte die Gelegenheit und suchte die Toilette auf.

Nachdem er sich die Hände gewaschen und abgetrocknet hatte, verließ er die Sanitäranlage und machte sich auf den Weg zurück nach draußen. Er wollte noch ein paar Worte mit seinem Bruder, dem Brautvater wechseln, den er viel zu selten sah.

Kurze Zeit später fiel ihm auf, dass er statt nach rechts links abgebogen war, und änderte seine Richtung, als er mitten in der Drehung erstarrt stehen blieb. Wenige Meter vor ihm baumelte am Ende des Ganges ein älterer Mann vom Deckenbalken. Und es war nicht etwa irgendein Mann, sondern jemand, den Erno kannte. *So ein Mist!*, fluchte er und fischte in seiner Jacketttasche nach seinem Handy. Er wählte Hauptkommissar Gabriel Behrens Nummer in der Anrufliste und wartete, bis dieser das Gespräch entgegennahm, aber er ging nicht ran. Auch alle anderen konnte er nicht erreichen.

Obwohl er schon einiges getrunken hatte, fasste er einen folgerichtigen Entschluss. Er schob einen der Tische, die man an die Wand geschoben hatte, links neben die Toilettentür, damit niemand mehr in diese Richtung gehen konnte. Dann verließ er das Gebäude, ging auf den großen Vorplatz des Leuchtturms und hielt nach seinem Bruder Ausschau. Sie mussten sich gemeinsam etwas einfallen lassen, aber er durfte auf keinen Fall den schönsten Tag im Leben seiner Nichte ruinieren.

»Hey, Onkelchen! Du siehst aus, als hättest du ein Gespenst gesehen. Was ist los?« Swantje war ihm in dem Getümmel abermals direkt in die Arme gelaufen, und Erno blieb nichts anderes übrig, als gute Miene zum bösen Spiel zu machen.

»Ich suche deinen Vater. Hast du ihn gesehen?«, murmelte er.

»Papa? Der unterhält sich dort drüben mit einem hochrangigen Politiker. Du kennst ihn ja, der hat gefühlt jeden eingeladen, der heute Zeit hatte.« Swantje rollte mit ihren Augen und lachte. »Ich muss mal wieder nach Finn sehen, nicht dass er die Hochzeitsnacht ausfallen lässt, weil ich ihn so sträflich vernachlässige.«

»Mach das, meine Liebe.« Mit einem Stofftaschentuch tupfte Erno sich den Schweiß von der Stirn. Die Sonne brannte erbarmungslos vom Himmel und trotz der Brise, die hier vorherrschte und für ein bisschen Abkühlung sorgte, war es außerordentlich warm. Vielleicht lag es auch nur an ihm und seiner Entdeckung, die er vor wenigen Minuten gemacht hatte. Beim Gedanken daran wurde ihm ganz mulmig zumute. Er musste sich schnellstens etwas einfallen lassen.

Warum zum Teufel ging Behrens nicht an sein Handy? Er und sein Team hatten doch Bereitschaftsdienst.

»Ach, da bist du ja«, sagte Heinrichsen, als er seinen Bruder schließlich gefunden hatte. »Ich hab dich schon überall gesucht.«

»Was gibt es denn so Dringendes, Erno? Geht's dir nicht gut?« Peter Heinrichsen wich ein Stück zurück und musterte seinen älteren Bruder.

»Können wir das bitte unter vier Augen besprechen?«, fragte Erno und nickte in Richtung des Leuchtturms. »Wenn's geht, gleich bitte.«

»Oh, du machst es aber spannend. Geht's um Swantjes Geschenk? Du hast es doch, oder?« Peter sah ihn misstrauisch an. »Erno, ich hoffe, du enttäuschst Swantje nicht wieder.«

»Nein, ja, alles gut. Darum geht's nicht«, rechtfertigte sich Erno. »Es geht um … Nielsen. Joost Nielsen.«

»*Den* Joost Nielsen?« Peter Heinrichsen schluckte trocken. »Was ist denn mit ihm?«

»Der hängt … hier rum«, antwortete Erno.

»Na, das haben wir gleich. Der hat hier auf dem Gelände mal überhaupt nichts zu suchen. Schon gleich zweimal nicht, während der Hochzeit meiner Tochter!« Peter wandte sich zum Gehen um, als Erno ihn am Arm zurückhielt.

»Peter, warte.«

»Was denn noch?«

»Er ist tot. Hängt drüben bei den Toiletten von der Decke.«

Peter sah ihn ungläubig an. »Ach du scheiße.«

»Du sagst es.«

»Und jetzt? Lass uns die Polizei rufen«, schlug Peter vor.

»Und damit den schönsten Tag im Leben deiner Tochter ruinieren? Spinnst du? Außerdem ist es nicht irgendjemand, der da von der Decke baumelt. Schon vergessen.«

»Ja, ja. Du hast ja recht, gottverdammt.« Peter begann aufgeregt auf und ab zu gehen und blieb dann stehen. »Aber wir können den nicht bis morgen hängen lassen, oder?«

»Wenn ich Behrens und sein Team nicht bald erwische, dann wird uns nichts anderes übrigbleiben.«

»Behrens? Hast du vorhin nicht erzählt, dass du die zu einem Event verdonnert hast?«, fragte Peter seinen Bruder.

»Jetzt, wo du's sagst. Das erklärt natürlich, warum ich keinen von denen ans Handy bekomme.«

»Dann lass uns warten, bis du sie erreichen kannst. Wie lang kann das schon dauern? In der Zwischenzeit sorgen wir dafür, dass die Gäste von Nielsen ferngehalten werden.«

»Ich hab schon einen Tisch dort platziert, damit sich nicht jemand versehentlich verläuft, so wie ich vorhin«, erklärte Erno. »Aber so richtig abhalten wird die Barriere niemanden.«

»Das denke ich aber auch. Du weißt doch genau, was passiert, wenn die Leute was intus haben. Die suchen sich irgendwann lauschige, abgeschiedene Plätze, um …«

»Jaja, ich weiß, was du meinst. Aber wir können das Gebäude ja schlecht absperren«, warf Erno ein.

»Warum nicht? Ich organisiere uns die Schlüssel«, sagte Peter und wollte schon los, als Erno ihn abermals zurückhielt.

»Wird das nicht Fragen aufwerfen?«, meinte Erno.

»Warum? Das Gebäude ist für die Veranstaltung nicht freigegeben und dient nur als Lager.«

Peter machte sich auf den Weg, um die Schlüssel zu holen, während Erno sich fragte, warum um alles in der Welt sich sein Bruder so gelassen war. Er hatte ihm gerade von seiner Entdeckung berichtet, und Peter tat so, als hätten sie sich übers Wetter unterhalten.

»Was macht ihr zwei denn hier?«, fragte Swantje, die zehn Minuten, nachdem sie die Tür des Nebengebäudes zugesperrt hatten, zu ihnen stieß.

»Dasselbe könnten wir dich fragen«, konterte Peter und umarmte seine Tochter. »Habe ich dir heute schon gesagt, wie bezaubernd du aussiehst.«

»Ungefähr hundertmal«, seufzte Swantje. »Ich kann meinen werten Gatten nirgends finden. Habt ihr ihn zufällig gesehen?«

»Nein, wir haben uns nur unterhalten. Du weißt schon, über die guten alten Zeiten. Erno und ich sehen uns doch nicht so oft.«

»Ihr wieder.« Swantje winkte ab und machte sich auf in Richtung Vorplatz, wo der DJ bereits wieder auf seinem Podest stand und die nächste Runde für die Feier- und Tanzwütigen einläutete. Sie drehte sich noch mal um. »Wir sehen uns nachher auf der Tanzfläche!«

Erno und Peter rangen sich ein Lächeln ab.

»Lass uns was trinken gehen«, schlug Peter vor. »Dann sehen wir weiter. Hast du Behrens schon eine Nachricht geschrieben? Die wird er ja irgendwann mal lesen, dann brauchst du nicht ständig anzurufen.«

»Nein, aber das mache ich sofort.« Erno tippte und wischte mit seinen großen Fingern auf dem Display seines Handys herum und schickte die Nachricht ab. »Das wäre erledigt.«

»Und jetzt lass uns was trinken gehen und feiern, wie es sich gehört. Nielsen ist nachher auch noch tot.«

Gemeinsam verließen sie den Schatten des Leuchtturms und mischten sich unter die Gäste der Hochzeitsgesellschaft.

Erno war zwar ganz und gar nicht mehr nach Feiern zumute, aber er konnte und wollte Swantje keinesfalls enttäuschen, also kniff er die Arschbacken zusammen und tat, was man auf so einer Hochzeitsfeier eben tat. Nie zu vor in seinem Leben hatte er sich so mies gefühlt, aber ihm blieb keine andere Wahl.

KAPITEL SECHS

Jupp ging den Flur Richtung Ausgang zurück und blieb abrupt stehen, als ihn ein Krampf schüttelte. In seinen Eingeweiden rumorte es gewaltig, und wenn er es nicht auf dem schnellsten Weg zur Toilette schaffte, dann würde es in die Hose gehen. Er bewegte sich mit kurzen Schritten vorwärts und sah etwas auf dem Boden liegen, als er um die Ecke bog. Ein kleiner schwarzer Kasten lag dort. Hannes' Funkgerät? Jupps Magen verkrampfte sich. Hier stimmte doch etwas nicht. Warum lag das Teil am Boden? Er ging weiter und kam schließlich an der Tür an, die zur einzigen Toilette führte, die hier funktionierte.

Abgesperrt.

Warum ist die abgesperrt?, dachte Jupp.

»Hannes? Bist du da drin?«

Keine Antwort.

»Hannes?«, versuchte er es erneut, diesmal lauter.

Wieder nichts.

Er lauschte angestrengt. Dann presste er sein Ohr

gegen das kalte Metall der Tür und schirmte sein anderes mit der Hand ab, doch das Einzige, was er hörte, war das Grummeln, das sein Körper von ihm gab und ihn daran erinnerte, dass er schnellstens eine Toilette aufsuchen sollte.

Plötzlich wurde die Tür ruckartig aufgerissen und Jupp stolperte von der Wucht überrascht gegen die gegenüberliegende Mauer.

»Scheiße, Mann, hast du mich erschreckt!«, rief er.

»Kann man hier nicht mal in Ruhe kacken? Das Gleiche könnte ich von dir behaupten. Was hast du an der Tür gemacht? Solltest du nicht im Kontrollraum sein?«, fragte Hannes.

»Na, ich hab dich gesucht. Du hast dich über Funk gemeldet, bist aber nicht aufgetaucht, da hab ich mich auf die Suche nach dir gemacht. Außerdem muss ich mal ganz dringend.«

»An deiner Stelle würde ich da jetzt nicht reingehen …«, sagte Hannes und lachte.

»Ich fürchte, ich habe keine andere Wahl. Muss mir wohl den Magen verdorben haben.« Jupp zwängte sich an Hannes vorbei durch die Tür.

»Pass auf, die Tür klemmt. Aber mit etwas Schwung bekommst du die auf.«

»Danke für den Tipp, aber ich muss jetzt ganz dringen…«

Grinsend bückte sich Hannes nach seinem Funkgerät, das er vorhin dort hatte fallen lassen, als er bereits auf dem Weg zur Toilette die Hose heruntergelassen hatte, in der Angst, es nicht mehr rechtzeitig zu schaffen. Er war schon auf halbem Weg zu Jupp unterwegs gewesen, als er diesen für ein dringendes Bedürfnis unterbrechen und umkehren musste. Offensichtlich grassierte ein Virus, denn Jupp schien auch von Durchfall geplagt. Er hörte noch, wie die schwere Tür in Schloss fiel und machte sich dann auf den Weg zum Kommandoraum.

»Seid ihr so weit?« Gabriel musste laut sprechen, damit ihn alle von ihren Positionen aus verstehen konnten.

Als alle nickten, legte er los.

»Vier Schritte geradeaus«, sagte er.

»Moment mal. Wie groß sollen die Schritte sein?«, stellte Merle eine durchaus berechtigte Frage.

»Lasst uns die Fersen des einen Fußes an die Zehen des anderen setzen. Da wir alle in etwa dieselbe Schuhgröße haben dürften, ist sichergestellt, dass wir in etwa dieselbe Strecke zurücklegen.«

»Gute Idee, Schoki«, sagte Merle.

Sie alle setzten viermal hintereinander Fuß an Fuß und blieben stehen.

»Claude, du fängst an. Was bereust du in deinem Leben am meisten?«, erinnerte Merle an ihr Spiel.

Claude stöhnte. Sie hatte die ganze Zeit über überlegt, ob sie die Story erzählen konnte. Ihren Toten hatte sie ihr Herz schon oft ausgeschüttet, aber die waren auch gute Zuhörer, unterbrachen und verurteilten sie vor allem nicht.

Nachdem sie tief Luft geholt hatte, begann sie mit ihrer Beichte. »Was ich in meinem bisherigen Leben am meisten bereue, ist die Tatsache, dass ich zu viel Zeit mit Menschen verbracht habe, denen ich absolut nichts bedeutet habe. Im Umkehrschluss hatte ich für diejenigen, denen ich wichtig war, zu wenig Zeit. Ich habe die Beerdigung meines Vaters verpasst.«

Niemand sagte etwas.

»Ich war damals frisch verliebt, wollte jede freie Minute mit ihm verbringen. Und dann hat er mich von heute auf morgen wie eine heiße Kartoffel fallen gelassen. Meine Mutter nimmt mir das immer noch übel, und ich kann sie verstehen.«

»Danke, Claude«, sagte Merle. »Gabe, wie geht's weiter?«

»Eine Linksdrehung, und fünf Schritte geradeaus.«

»Penny, du bist an der Reihe. Verrate uns, was du am meisten bereust.« Merle sah sie an und erkannte, dass sie mit sich haderte.

»Du willst wissen, was ich in meinem Leben am meisten bereue?« Sie schluckte trocken und verschaffte sich ein paar Augenblicke Zeit. »Okay, aber nennt mich bitte nicht oberflächlich oder so was, denn das bin ich nicht. Ich war 17 Jahre alt, als man mir einen Modelvertrag angeboten hat. Meine Eltern haben damals nicht zugestimmt. Sie mussten einverstanden sein, weil ich noch nicht volljährig war. Das bereue ich tatsächlich, obwohl ich keine Entscheidungsgewalt hatte. Wer weiß, wo ich heute wäre. Mailand, Tokio, New York …«, schwärmte Penny. »Stattdessen hocke ich mit euch hier in einem Bunker.«

»Danke für deine Offenheit, Penny.« Merle nickte ihr anerkennend zu. »Sind wir wirklich so schlimm?«

»Ach, Quatsch. Im Nachhinein muss ich sagen, dass ich es nicht besser hätte treffen können.«

»Weiter geht's, Mädels.« Gabriel spickte auf seinen

Zettel. »Nehmt wieder eure Positionen ein. Von da aus eine 90-Grad-Drehung nach rechts und drei Schritte geradeaus.«

Synchron bewegten sie sich vorwärts und von oben gesehen mochte das Ballett, das sie soeben aufführten, wie das Muster in einem Kaleidoskop anmuten. Jupp lachte sich vermutlich gerade in seinem Kämmerlein, wo er sie über die Monitore beobachten konnte, ins Fäustchen.

»Gabe, du bist dran. Erzähl uns von der Sache, die du im Leben am meisten bereust.«

»Warum ich? Schoki und Claude waren noch nicht dran. Und du auch noch nicht. Wer ist noch dafür, dass Merle an der Reihe ist? Hand hoch.«

Vier Hände erhoben und senkten sich wieder.

»Also gut. Ihr habt es so gewollt. Ich war damals 16 Jahre alt und zum ersten Mal in meinem Leben auf eine Party eingeladen, dementsprechend nervös war ich. Ihr müsst wissen, dass ich damals nicht gerade zu den Coolsten gehörte, die man von sich aus gern auf seiner Party hatte. Im Sportunterricht blieb ich beim Teamwählen immer übrig. Jedenfalls habe ich ein bisschen was getrunken, nicht viel, aber es war genug, dass es mir die Sinne vernebelte. Wenn ich trinke, werde ich immer redselig. Ich weiß nicht, was mich geritten hat, aber ich ging schnurstracks auf Jonas zu und sagte ihm, dass ich total auf ihn stand. Mein Auftritt war natürlich der Brüller des Tages und auch Tage später noch das Gesprächsthema Nummer eins in der Schule. Ich bereue es, ihm das gesagt zu haben. Nicht, weil sich hinterher alle über mich lustig gemacht haben, sondern wegen dem, was danach geschah, genauer gesagt nicht geschah. Ein paar Tage später kam mir das Gerücht zu Ohren, dass Jonas durchaus nicht uninteressiert an mir gewesen wäre, nach meinem Auftritt auf der Party aber keine Lust mehr auf mich gehabt hätte. Wer weiß, vielleicht wären wir heute ein Paar, wenn ich nur meine Klappe gehalten hätte.« Merle seufzte.

»Oooh.« Schoki schniefte theatralisch. »Wie rührend. Ist das alles? Dann wartet mal, bis ich an der Reihe bin.«

»Aber vorher geht ihr noch ein paar Schritte«, sagte Gabriel und begann die nächsten Anweisungen durchzugeben. »Linksdrehung und sieben Schritte geradeaus.«

»Schoki, Gabe? Wer von euch beiden will zuerst?«, fragte Merle.

»Ich lasse Gabe den Vortritt«, meinte Schoki.

»Oh, wie nett.« Gabriel wischte sich in einer übertriebenen Geste den Schweiß von der Stirn. »Wo fange ich nur an? Mein ganzes Leben ist eine einzige Aneinanderreihung von verpassten und verpatzten Gelegenheiten. Es gibt so gesehen eigentlich nichts, das ich am meisten bereue. Nur eine Sache, die mich gelegentlich noch beschäftigt. Ihr wisst, dass ich nicht der Typ bin, der der Vergangenheit hinterhertrauert. Was geschehen ist, ist geschehen. Punkt. Als ich etwa 8 Jahre alt war, hatte ich einen besten Freund, Tim. Gemeinsam mit unseren Familien haben wir die Sommerferien auf einem Campingplatz irgendwo in Bayern verbracht. Es war ein heißer Tag, die Sonne brannte vom Himmel und wir beide, Tim und ich, haben uns im See abgekühlt. Tim war im Gegensatz zu mir ein Scherzkeks, ständig hat er einem Streiche gespielt. So auch an diesem Tag. Wir waren zu zweit mit einer Luftmatratze unterwegs, ich lag darauf, Tim hielt sich daran fest und strampelte wie ein Verrückter. Wir konnten beide schwimmen, hatten gemeinsam das Seepferdchen und danach sogar das Bronze-Abzeichen gemacht, die wir stolz auf unseren Badehosen zeigten. Plötzlich tauchte er kurz unter, fuchtelte wie ein Besessener mit den Armen in der Luft herum und tauchte prustend wieder auf. Wir lachten und alberten eine Weile herum, bis unsere Lippen ganz blau angelaufen sind und wir beschlossen, an den Strand zurückzupaddeln. Auf dem Weg zurück verschwand er abermals unter der Wasseroberfläche, tauchte aber nicht wieder auf. Mir wurden seine Späße zu dumm und ich beschloss, allein auf der Matratze zurückzupaddeln. Ich war davon überzeugt, dass er zurückschwimmen würde, wenn er feststellte, dass ich nicht mehr da war. Aber dem war nicht so. Zwei Stunden später fanden Taucher seine Leiche. Eines von Tims Beinen hatte sich in einer Schlingpflanze verfangen und durch sein Strampeln hat er alles nur noch schlimmer gemacht. Hätte ich ihn ernst genommen und mich mehr beeilt, ans Ufer zu kommen, er könnte heute noch leben.«

»Oh, das tut mir leid«, sagte Merle. »Aber wer könnte dir das zum Vorwurf machen?«

»Niemand außer mir selbst hat mir das vorgeworfen. Und ich weiß, dass ich keine Schuld daran trage, aber trotzdem verfolgt mich das bis heute.«

Plötzlich flackerte das Licht wieder.

»Haha, sehr witzig Jupp.« Gabriel blickte der Reihe

nach in die verschiedenen Kameras. Er war sich fast sicher, dass der Spielleiter etwas damit zu tun hatte. Vielleicht wollte er ihnen ein wenig Angst einjagen. Da fiel ihm etwas auf.

»Seht mal zu den Kameras. Fällt euch was auf?«, fragte Gabriel.

»Keine Statusleuchten«, sagte Penny. »Sind das etwa Attrappen?«

»Nein, das kann nicht sein«, erwiderte Claude. »Wir haben doch im Kommandoraum die Monitore gesehen. Zumindest müssen die Kameras zu dem Zeitpunkt noch funktioniert haben.«

»Du hast recht«, sagte Gabriel. »Wird vermutlich an den Stromschwankungen liegen. Soll ich Jupp mal anfunken?«

»Ach Quatsch, warum denn? Wir kommen hier auch ohne Hilfe raus. Die Lösung liegt hier irgendwo verborgen, wir müssen nur genau hinsehen.«

KAPITEL SIEBEN

»So ein gottverdammter Mist!« Fluchend schlug Hannes mit seiner Hand auf den Tisch, dass alles darauf Liegende zum Erzittern brachte.

Jupp, der gerade mit kreidebleichem Gesicht von seiner Sitzung zurückkehrte, sah ihn erschrocken an. »Was ist denn los?«

»Die Kameras funktionieren schon wieder nicht.«

»Aber das haben wir doch neulich erst gemeldet, oder?«, fragte Jupp. »Ich dachte, das Problem wäre inzwischen behoben worden.«

»Ja, der Meinung war ich bis gerade eben auch. Da zocken die den Leuten einen Haufen Kohle ab, damit die ein bisschen Detektiv spielen können und dann schaffen es die feinen Herren Chefs nicht mal, das Equipment zu warten. Außen hui, innen pfui …«

»Und was machen wir jetzt?«, fragte Jupp, während er sich mit einer Hand seinen Bauch rieb. Als er Hannes' Blick bemerkte, fügte er hinzu: »Muss mir den Magen verdorben haben.«

»Mich hat's auch heftig erwischt.« Hannes dachte an seine Sitzung zurück und konnte sich nicht daran erinnern, jemals einen so durchschlagenden *Erfolg* gehabt zu haben.

»Sollen wir abbrechen?«, schlug Jupp vor.

»Nee, warum? Die haben doch die Funkgeräte. Wenn es ein Problem gibt, dann melden die sich schon. Was soll schon passieren?«

»Ja, du hast vermutlich recht.«

»Hey, Leute«, sagte Schoki. »Hier ist etwas.« Als sie sich bückte, fielen ihr ihre langen braunen Locken ins Gesicht, die sie schwungvoll über die Schulter nach hinten beförderte.

»Hast du den Schlüssel?«, fragte Merle.

»Keine Ahnung. Aber hier im Boden ist ein loses Stück Beton. Sieht aus, als wäre das herausgebrochen und nachträglich wieder einfügt worden. Da kein Aufkleber drauf ist, gehe ich davon aus, dass die Spielleiter«, sie sah demonstrativ zu den Kameras, deren Statusleuchten nach wie vor nicht leuchteten, »nichts dagegen haben dürften, wenn ich das genauer untersuche.« Schoki sah zu ihren Kollegen. »Bleibt bitte, wo ihr seid, sonst müssen wir nachher noch mal von vorn anfangen.«

»Gib's zu, du willst doch nur ablenken, damit wir vergessen, dass du noch beichten musst«, sagte Gabriel.

»Tztztz, als ob ich das nötig hätte.« *Wenn ihr wüsstet …*, fügte sie in Gedanken hinzu.

»Jetzt mach schon. Ich will hier heute noch raus«,

drängte Claude. »Ihr wisst, dass ich eine schwache Blase habe. Es ist noch nicht brisant, aber ich will euch schon mal vorwarnen.«

»Claude! Wir sind doch erst seit knapp«, Gabe blickte auf seine Armbanduhr, »fünfzig Minuten hier drin.«

»Rechne die Fahrt dazu und wir sind bei zwei Stunden.« Claude zuckte mit den Schultern. »Ich kann auch nichts dafür.«

»Jetzt könnte ich eine meiner Haarnadeln gut gebrauchen«, murmelte sie, während sie sich mit ihren Fingern an dem losen Brocken im Boden zu schaffen machte.

In der Zwischenzeit blieben alle anderen auf ihren Positionen stehen und waren zum Nichtstun verdammt.

Gabriel fasst in seine Hosentasche und blickte auf sein altes Nokia.

»Gabe! Die sollten wir doch abgeben. Bist du verrückt?« Merle funkelte ihn wütend an.

»Ihr dachtet doch nicht ernsthaft, dass ich mein Handy abgebe, oder?«

»Du bist echt unmöglich! Erst schmuggelst du dein Frettchen mit rein und jetzt auch noch das.« Claude verdrehte die Augen. »Aber wir hätten es uns ja denken können. Warst du wenigstens wichtig?«

»Wie man's nimmt. Fünf Anrufe in Abwesenheit von Heinrichsen und eine SMS. Wir sollen unsere Hintern so schnell wie möglich zum Westerhever Leuchtturm bewegen.«

»Der weiß aber schon, dass er es war, der uns das hier«, Schoki machte eine Bewegung mit ihrem Arm, die den ganzen Raum einschloss, »eingebrockt hat, oder?«

»Ruf ihn zurück und sag ihm, dass wir kommen, sobald wir aus *seinem* Escape-Room raus sind.« Penny schüttelte ihren Kopf, dass ihr blonder Zopf hin und her flog. »Ich fasse es nicht!«

»Ich komme nicht durch, zu schlechten Empfang«, sagte Gabriel und steckte sein Handy wieder ein.

»Und wie hast du dann die SMS bekommen?«, fragte Penny.

»Dafür wird es wohl gereicht haben, vermute ich. Vielleicht gibt es hier irgendwo ein bisschen Empfang, aber bis ich die Stelle gefunden habe, sind wir hier sowieso längst raus.«

»Sollten wir nicht besser Jupp anfunken, damit er uns rauslässt?«, schlug Merle vor. »Scheint ja dringend zu sein, wenn Heinrichsen zigmal versucht anzurufen und dann auch noch schreibt.«

»Wie wichtig kann es schon sein, wenn er nicht mal einen Grund nennt? Außerdem weiß er ja, wo wir sind. Wenn es so brisant wäre, könnte er uns auch holen lassen.«

»Stimmt auch wieder. Lassen wir ihn ruhig ein wenig schmoren«, sagte Schoki, die nach wie vor am Boden kniete und den Brocken bearbeitete, und lachte.

»Wie weit bist du?«, fragte Claude.

»Ich hab's gleich, nur noch … ein bisschen. Das Stück lässt sich ein wenig kippen, wenn ich jetzt … mit dem Finger da reinkomme, dann … hab ihn!« Sie zog den Brocken heraus, legte ihn neben dem entstandenen Loch ab und schaute hinein.

»Und?«

»Ihr werdet es nicht glauben«, sagte Schoki.

»Nun rück schon raus mit der Sprache. Hast du den Schlüssel?«, forderte Gabe sie auf.

»Ich muss langsam aufs Klo!«, drängte Claude.

»Das Loch ist leer«, sagte Schoki und stand auf.

»Das ist jetzt nicht dein Ernst, oder? So ein Aufriss wegen nichts und wieder nichts?« Gabriel ging zu Schoki, hob den Betonbrocken auf und schleuderte ihn wütend gegen die Wand, wo er in viele kleine Stücke zerbrach.

»Bist du verrückt, Gabe?«, schimpfte Penny. »Du kannst hier doch nicht einfach alles demolieren!«

»Ach, und warum nicht?« Gabriel bückte sich und hob etwas auf, dann reckte er triumphierend seine Faust.

»Ich glaub's ja nicht«, sagte Claude und schüttelte ungläubig ihren Kopf. »Woher wusstest du das?«

»Tja, meine Lieben. Dazu habe ich kein Feriencamp gebraucht«, meinte er, und alle lachten.

Nachdem sie sich beruhigt hatten, gingen sie zur abgesperrten Tür, die sie zuvor durch das Beiseiteschieben des Bücherregals freigelegt hatten.

»Bin ich froh, die Luft wird nämlich langsam ziemlich dick hier drin. Wenn ich hier raus bin, werde ich dem Veranstalter aber so was von eine schlechte Bewertung auf Google reindrücken: Anreise schlecht, Personal nett, Location gruselig, Rätsel seltsam, unlogisch und ohne erkennbaren Zusammenhang, fragwürdige Funktion der Technik …« Claude stand mit zusammengepressten Beinen vor der Tür und redete sich in Rage.

»Jetzt lass mal die Kirche im Dorf, Claude«, beruhigte sie Gabriel. »Immerhin hatten wir unseren Spaß.«

»Du nennst das Spaß? Ich weiß ja nicht …« Claude sah ihn an, als ob er von einem anderen Stern käme.

»Na ja, wir haben gelacht, oder? Wenn man lacht, dann hat man Spaß, nicht wahr?«

»Haha, sehr witzig. Jetzt steck ihn schon rein.«

»Sie hat *reinstecken* gesagt«, sagte Penny und kicherte albern, was ihr einen genervten Blick von Claude einbrachte. »Jetzt hab dich nicht so. Ist doch nur Spaß.«

»So eine verdammte Scheiße!«

»Was ist los, Gabe?«

»Der Schlüssel. Ich hab ihn abgebrochen.« Gabriel hielt den Rest des Schlüssels in den Fingern.

»Na toll. Das kommt dabei raus, wenn man einen Elefanten zum Einkaufen in den Porzellanladen schickt. Dann war es das wohl.« Claude sah sich gedanklich schon in der Ecke hocken und dort ihre Notdurft verrichten. Vorsorglich sah sie sich bereits nach einem geeigneten Gefäß um.

»Ist euch mal in den Sinn gekommen, dass das alles beabsichtigt sein könnte?«, fragte Merle.

»Was meinst du?« Penny sah sie fragend an.

»Na, die gießen einen Schlüssel mit Sollbruchstelle in einen Betonblock ein. Wir finden ihn, und er bricht beim Versuch, die Tür damit zu öffnen, ab. So einfach.«

»Und wozu sollte das gut sein?«, fragte Schoki.

»Na, um es uns nicht gerade einfach zu machen. Offensichtlich waren wir die ganze Zeit auf der falschen Fährte. Vielleicht denken wir einfach nur zu kompliziert und um zu viele Ecken. Die Lösung liegt meistens direkt vor der Nase.« Merle ging zu der Wand, sah sich die fünf Schalter noch mal genau an. »Vielleicht haben die hier was damit zu tun.«

»Und was? Hast du eine Idee?«, fragte Gabriel.

»Als wir die umgelegt haben, fing es doch an mit den Stromschwankungen, oder?«

»Gut möglich. Jetzt, wo du's sagst, ergibt es sogar Sinn.« Gabriel ging zu Merle und legte einen Schalter nach dem anderen um. »Alles zurück auf Anfang.«

Und tatsächlich dauerte es nicht lange, da hörten sie das Brummen der Klimaanlage, die stotternd wieder ihren Betrieb aufnahm.

»Zumindest ersticken wir schon mal nicht hier drin«, sagte Penny und seufzte theatralisch.

»Und jetzt?«, fragte Claude und deutete auf die Schalter. »Wer einen Plan hat, der möge bitte vortreten.«

»Ich schätze, dass man die Kippschalter entweder in einer bestimmten Reihenfolge betätigen oder sie in einem konkreten Muster anordnen muss.«

»Zumindest wissen wir schon mal, wie man die Klimaanlage ein- und ausschaltet. Wenn das Brummen überhaupt etwas damit zu tun hat.« Merle ging zum Bücherregal und besah sich die Titel der darin stehenden Bücher, die sie vorhin grob durchgeblättert hatte. »Wer auch immer den Raum hier eingerichtet hat, scheint ein Science-Fiction-Fan zu sein.«

»Siehst du! Genau das ist unser Problem.« Penny deutete auf sie. »Wir denken falsch, analysieren, schreiben jedem Gegenstand eine bestimmte Bedeutung zu. Und warum? Weil es unser Job ist! Aber ich sag' euch was: Das hilft uns hier kein Stück weiter, denn genau das ist es, worum es hier geht. Alte Denkmuster aufbrechen, neue Wege gehen, frische Ansätze ausprobieren.«

»Verdammt, Penny! Du hast recht«, stimmte Claude ihr zu. »Ich mache meine Leichenschauen immer nach Schema F, was absolut unabdingbar ist, um nichts zu übersehen oder falsche Rückschlüsse zu ziehen.«

»Ja, genau so gehen wir ja auch vor, wenn wir an einen Tatort oder Leichenauffindeort kommen.« Merle sah zu Gabriel, der geistig weggetreten schien. »Worüber denkst du nach?«

»Was? Sorry, ich war gerade in Gedanken woanders, tut mir leid.«

»Was geht dir durch den Kopf?«

»Als wir hierher gefahren worden sind, habe ich im Hintergrund einen Leuchtturm gesehen. Wenn mich nicht alles täuscht, müsste das der Westerhever Leuchtturm sein. Ich frage mich, warum Heinrichsen will, dass wir dorthin kommen.«

»Jetzt mach dir da mal keinen Kopf drüber. Wichtig ist erst mal, dass wir ihm zeigen, dass wir als Team funktionieren und in der Lage sind, etwas, das er uns eingebrockt hat, professionell hinter uns zu bringen«, sagte Merle. »Und wenn wir hier raus sind, dann suchen wir Blablaquatschi und machen uns auf den Weg zu Heinrichsen. Wie du vorhin schon sagtest: Wie wichtig kann es schon sein, wenn er nicht mal einen Grund nennt.«

KAPITEL ACHT

Erno Heinrichsen umklammerte sein Glas, als würde er sich daran festhalten wollen, was seiner aktuellen Lage auch ziemlich nahekam. Inzwischen war er auf Wasser umgestiegen, denn er würde nachher einen klaren Kopf brauchen.

Sein Bruder Peter warf ihm immer wieder fragende Blicke über den Tisch zu, denen Erno jedoch geschickt auswich. Sie durften keinesfalls Aufsehen erregen, denn heute stand seine Nichte Swantje im Vordergrund, und er würde den Teufel tun, und die Feierlichkeiten ruinieren.

Viel zu oft hatte er Swantje in der Vergangenheit hängen gelassen, war zu spät oder oft gar nicht zu ihren Geburtstagen erschienen, weil ihn seine Arbeit so in Beschlag genommen hatte. Unzählige Male hatte er sie enttäuscht, sodass er völlig überrascht war, überhaupt zur Hochzeit eingeladen worden zu sein.

Es hatte eine Zeit gegeben, in der seine Nichte kein Wort mit ihm gewechselt hatte. Damals war sie noch klein gewesen und hatte nicht verstanden, dass er das nicht mit Absicht machte, sondern es einzig an seinem Job lag, der ihn nicht losließ, und er nicht schalten und walten konnte, wie es ihm beliebte. Inzwischen ist aus dem kleinen Mädchen mit den langen blonden Zöpfen eine junge Frau geworden, die heute ihren langjährigen Freund heiratete.

Erno seufzte, als er an seine Entdeckung dachte. Ausgerechnet Joost Nielsen. Es war Ernos erster großer Fall gewesen. Ihm wollte partout nicht in den Kopf, was Nielsen hier tat, warum heute und vor allem, weshalb er tot von der Decke baumelte. Das waren ein paar Fakten zu viel, als dass er diese als Zufall hätte abstempeln können.

»Onkel Erno, jetzt mach doch kein solches Gesicht. Wir sind hier auf keiner Beerdigung!« Swantje setzte sich auf den freien Stuhl neben ihm. »Komm mit raus, draußen steppt der Bär.«

Wenn du wüsstest, dachte Erno. Er hatte gar nicht mitbekommen, dass sie in den Saal gekommen war.

»Ich denke, ich hab heute genug getrunken.« Er deutete auf sein Wasserglas. »Ich brauche nur einen Moment, dann geht's wieder.«

»Papa? Kommst du mit?« Swantje bedachte ihren Vater mit einem Dackelblick.

»Du weißt, dass ich dir keinen Wunsch abschlagen kann, oder? Aber lass uns bis nach der Schenkrunde warten, ja? Ich will noch eine Kleinigkeit mit Erno besprechen.«

»Okay.« Swantje zog einen Schmollmund und stand auf. »Aber nachher tanzt ihr beiden mit mir, versprochen?«

»Versprochen.« Peter blickte zu seinem Bruder, der erschrocken zusammenzuckte.

»Versprochen«, stimmte auch Erno zu und lockerte den Knoten seiner Krawatte. *Schenkrunde,* dachte er und spürte das Gewicht des Kuverts in der Innentasche seines Jacketts. Der Fünfhunderteuroschein darin schien ihn zu verhöhnen. Als ob er mit Geld kitten könnte, was er in der Vergangenheit verbockt hatte. Aber jetzt war es zu spät, um etwas anderes zu besorgen. Augenblicklich überfiel ihn ein schlechtes Gewissen. Swantje und Finn würden von dem Geld einen Teil der Feierlichkeiten begleichen und das war's dann. Grundsätzlich hielt er nicht viel von Geldgeschenken, aber wer keine Zeit hatte, der griff eben auf diese Option zurück. So eine Hochzeitsfeier kostete eine Stange Geld, zumal diese. Er mochte gar nicht daran denken, wen Peter dafür bestochen hatte, um dies hier möglich zu machen.

Plötzlich hatte er eine Idee. Erno holte seinen Schlüsselbund aus der Hosentasche und löste einen kleinen Schlüssel von dem Ring. Nachdem er die restlichen Schlüssel wieder eingesteckt hatte, schob er den einzelnen in die Tasche, in der sich auch das Kuvert befand. Augenblicklich fühlte er sich etwas besser und er stand auf.

»Was war das denn eben?«, fragte Peter.

»Das wirst du nachher schon sehen«, sagte Erno, zog seinen Bruder vom Stuhl und mit sich nach draußen.

»Was hast du vor?«

»Lass uns etwas Spaß haben!«

»Du und Spaß haben? Was habe die dir ins Wasser

gekippt?« Peter lachte laut auf. »Hast du eigentlich schon was von deinen Ermittlern gehört?«, rief Peter über den Lärm hinweg, der ihnen entgegenschlug, als sie durch das Tor des Festsaals nach draußen gingen.

»Nein, aber die werden hoffentlich noch vor dem Abendessen aufkreuzen.«

Die beiden verschwanden in der Menge und ließen sich von der fröhlichen Stimmung der Feiernden, von denen einige bereits ordentlich Schlagseite hatten, anstecken. Gemeinsam schwangen sie das Tanzbein und vergaßen darüber die Zeit sowie den alten Nielsen, der nach wie vor hinter den Mauern des Nebengebäudes an einem Strick hing.

Jupp und Hannes checkten jedes einzelne Kabel im Kontrollraum, trennten sämtliche Verbindungen, die sich trennen ließen, und verkabelten anschließend alles wieder neu.

»Wer sagt's denn!« Jupp sprang auf, was er umgehend bereute, weil es in seinem Magen immer noch rumorte.

»Dauert einen Moment, bis sie hochgefahren sind und wir das Signal reinbekommen.« Hannes seufzte zufrieden. »Mit etwas Glück haben die da drin gar nicht mitbekommen, dass wir hier das ein oder andere Problem hatten.«

»Wollen wir es hoffen. Wenn noch mehr schlechte Bewertungen über Google reinkommen, bekommen wir wieder den Frust vom Chef ab.«

»Scheiß auf die Bewertungen«, sagte Hannes. »Die liest doch sowieso kein Mensch. Ich kenne niemanden.

Außerdem: Wer liest heute überhaupt noch? Nicht mal mehr der Chef. Sein ganzes Bücherregal steht da drin.« Hannes lachte.

»Stimmt, heute schauen alle Videos auf YouTube oder TikTok. Die wollen alle nur noch Action, da ziehen Bücher den Kürzeren.« Jupp schaute auf die Uhr. »Ich würde sagen, wir geben denen da drin noch fünfzehn Minuten, dann brechen wir ab. Ich hab heute Nachmittag noch eine Verabredung.«

»Alles klar«, stimmte Hannes ihm zu und lachte. »Doch nicht etwa die Kleine vom letzten Mal? Ist das etwa was Ernstes zwischen euch?«

Jupp nickte. »Sieht ganz so aus.« Er fingerte seine Zigarettenschachtel aus der Brusttasche seines Overalls und zündete sich eine an. »Auch eine?«

»Ach, warum nicht.«

»Zum Glück läuft die Klimaanlage wieder. Wenn der Chef spitzkriegt, dass wir hier drin rauchen, gibt's den nächsten Anpfiff.« Jupp spürte, wie sich sein nervöser Magen mit jedem Zug an der Zigarette beruhigte.

»Wie lange haben wir eigentlich noch Zeit?«, fragte Merle.

»Keine Ahnung. Jupp hat was von 60 bis 90 Minuten gesagt. Wir sind jetzt seit über 70 Minuten hier drin, als schätze ich mal, dass wir noch eine knappe Viertelstunde haben«, sagte Gabriel.

»Wenn ihr mich fragt: viel zu lang für eine Frau, die dringend pinkeln muss«, motzte Claude.

»Langsam aber sicher muss ich auch«, pflichtete ihr Schoki bei.

»Du musst vor allem eines, Schoki, nämlich deine Beichte ablegen«, erinnerte Penny sie. »Wir waren alle schon dran.«

Schoki rollte mit den Augen. »Jetzt habt euch nicht so. Was sollte ich bitte bereuen?«

»Jeder hat etwas, das er am liebsten ungeschehen machen würde. Oder vielleicht gibt es eine Situation in deinem Leben, in der du besser eine andere Entscheidung getroffen hättest?«

»Danke für die Auffrischung, Merle«, sagte Schoki und sah sie gespielt streng an. »Vermutlich war es mein größter Fehler, diesem Team beigetreten zu sein. Ich hätte damals einfach Nein sagen sollen. Dann wäre ich nicht mit euch hier, müsste mich nicht mit nutzlosen Schaltern, Bücherregalen, kaputten Büchern und Löchern im Boden befassen.« Sie grinste. »Nur Spaß! Ihr wisst, dass ihr wie eine Familie für mich seid.«

Niemand sagte etwas darauf.

»Das wisst ihr doch, oder?«, hakte Schoki nach.

»Natürlich wissen wir das.« Penny legte ihr einen Arm um die Schulter und kniff ihr in die Nase.

»Lass das!«, zischte Schoki. »Du brauchst es nicht gleich auf die Spitze zu treiben.«

»Pst!«, machte Gabriel. »Hört mal.«

»Ich höre nichts, außer dem Brummen der Klimaanlage oder eines Generators«, meinte Schoki.

»Wenn du mal die Klappe halten würdest, dann könntest du es auch hören.«

Penny, Merle, Claude und Gabe bedachten Schoki mit tadelnden Blicken.

»Jaja, ist ja schon gut.«

»Da war es wieder!«, sagte Gabriel. »Klingt wie ein Kratzen oder Schleifen.«

»Wie Metall auf Metall«, meinte Claude. »Wenn ich nach einer Leichenschau mein Werkzeug in die Schalen lege und den Wagen zum Reinigen schiebe, klingt das fast genau so.«

»Danke für das Kopfkino.«

»Gern geschehen.«

»Aber jetzt mal im Ernst: Was ist das?«, fragte Penny.

»Alte Leitungen, Rohre, keine Ahnung. Das könnte alles Mögliche sein.« Schoki überlegte und sah nach oben an die Decke, wo sich über der freigelegten Tür ein Lüftungsschacht mit Gitter befand. »Gabe, mach mal bitte eine Räuberleiter für mich.«

»Was hast du denn vor?« Er verschränkte die Finger ineinander und bückte sich, um Schoki das Aufsteigen zu erleichtern.

»Und jetzt heb mich hoch, damit ich da drankomme.«

Gabriel hob sie spielend leicht nach oben, wo Schoki die mit Lamellen versehene Kunststoffabdeckung löste und in den Schacht lugte. »Hier, halt mal, Merle«, sagte sie und reichte ihr das Gitter.

»Hat jemand von euch eine Taschenlampe? Gabe? Dein Nokia verfügt nicht zufällig über eine Taschenlampenfunktion, oder? Wird Zeit, dass du dir ein neueres Modell zulegst.« Schoki klopfte mit ihren Fingern gegen die Metallwände des Schachts. »Da! Da war es wieder!« Erneut trommelte Schoki gegen das

Metall. Kurz darauf steckte sie ihren rechten Arm bis zur Schulter in den Schacht.

»Was treibst du denn da? Du wirst ganz schön schwer …« Gabriel verließen langsam seine Kräfte.

»Geduld ist nicht gerade deine Stärke, was? Und jetzt hab dich mal nicht so. Du bist ein Baum von einem Mann und wirst mich Fliegengewicht ja wohl mal ein paar Sekunden in die Höhe stemmen können.« Schoki ächzte. »Ich hab's gleich geschafft, nur noch ein kleines Stück. Na also, geht doch. Warum denn nicht gleich so.« Sie zog ihren Arm aus dem Schacht und präsentierte den anderen ihren Fund.

»Shakoufeh Gheselbash, du bist ein verdammtes Genie!«, rief Gabe und ließ sie herunter.

»Warte mal, nicht so schnell. Ich muss noch mal hoch, da war noch was drin.«

»Hey, sieh mal.« Hannes stieß Jupp einen Ellbogen in die Seite. »Was treiben die da am Lüftungsschacht?«

»Keine Ahnung. Ich würde sagen, wir sehen mal nach«, schlug Jupp vor. »Und dann blasen wir das Ganze ab. Die Zeit ist sowieso fast abgelaufen.«

»Okay, dann los. Holen wir sie raus.«

Gemeinsam folgten sie dem Wirrwarr aus Gängen bis zu der Tür, die Jupp vor eineinhalb Stunden hinter der Gruppe verschlossen hatte.

»Na los, sperr schon auf«, drängte Hannes, »bevor die uns da drin alles zerlegen.«

»Ja, Moment, ich hab's ja gleich«, sagte Jupp und kramte in seiner Hosentasche nach dem Schlüssel. »Der Schlüssel ist weg.«

»Wie? Der Schlüssel ist weg?«

»Ich schwöre, ich hab den in die Hosentasche geschoben, aber da ist er nicht.«

»Das ist jetzt nicht dein Ernst, oder?« Hannes packte ihn mit beiden Händen an den Schultern und schüttelte Jupp durch. »Bist du von allen guten Geistern verlassen? Wenn das rauskommt, sind wir beide unsere Jobs los, das ist dir klar, oder?«

Jupp nickte und schluckte trocken.

»Los, lass uns den Schlüssel suchen. Der muss hier schließlich irgendwo sein.«

KAPITEL NEUN

»Was ist das?«, fragte Merle.

»Das ist Blablaquatschi«, sagte Schoki und lachte.

»Haha, sehr witzig, das sehe ich selbst. Nein, den meinte ich nicht. Das andere.«

»Das, liebe Merle, ist ein Schlüsselbund. Ich weiß, klingt komisch, ist aber so.«

Merle verdrehte die Augen. »Hast du heute Morgen einen Clown gefrühstückt, oder was?«

»Könnte ihr beiden mal einen Augenblick Ruhe geben?«, ging Gabriel dazwischen. »Wenn mich nicht alles täuscht, dann hatte Jupp den vorhin in der Hand, bevor er uns hier eingesperrt hat. Aber wie zur Hölle kommt der …«, er sah zu BBQ, der auf Schokis Schulter saß, und musste lachen. »Du kleiner Teufel!«

Das kleine Fellknäuel fiepte, als ob es seinem Herrchen recht geben wollte.

»Könnten wir dann bitte raus hier, damit ich endlich zur Toilette kann? O Gott, ich hoffe, die haben hier überhaupt so was.«

»Nichts leichter als das.« Gabriel ging zur großen Eisentür, durch die sie vorhin in den Raum gelassen worden waren. »Jetzt müssen wir nur noch den passenden Schlüssel finden, aber das dürfte nicht allzu schwierig sein.«

Beim dritten Versuch ließ sich der Schlüssel drehen und sie verließen ihr Verlies auf Zeit.

»Das war ja einfach. Da hätten wir uns das Herumrätseln glatt sparen können.«

Alle lachten.

»Also, alle raus hier. Wir geben Jupp seinen Schlüssel zurück und dann soll er uns schnell rüber nach Westerheversand fahren.« Gabriel ging voraus, wobei er hoffte, richtig abzubiegen und sich nicht in diesem Labyrinth aus Gängen zu verlaufen.

Irgendwann haben sie tatsächlich den Kontrollraum gefunden, klopften an die Tür und warteten.

Aber nichts geschah. Keine Antwort, keine Reaktion.

Als nach einem weiteren Klopfen wieder niemand reagierte, drückte Gabriel die Tür auf, doch der Raum war leer.

»Kommt, wir sollten schnellstens von hier verschwinden. Legt die Funkgeräte auf den Tisch, holt eure Sachen aus dem Spind und dann nichts wie weg hier.«

Auf dem Weg nach draußen hatten sie sich einige Male verlaufen und waren im Kreis gegangen, denn sie hatten den Kontrollraum ein weiteres Mal passiert.

»Claude, hältst du es noch aus?«, fragte Gabriel.

»Kommt drauf an, wie lange …« Claude biss sich auf die Lippen, um sich mit dem Schmerz von ihrem dringenden Bedürfnis abzulenken. Bisher funktionierte das noch.

»Sollten wir nicht nach Jupp und seinem Kollegen suchen? Wir müssen ja irgendwie von hier weg«, schlug Penny vor.

»Dafür haben wir keine Zeit mehr«, sagte Gabriel, der sich bereits das Handy ans Ohr drückte.

»Und? Erreichst du Heinrichsen?«, fragte Merle, die neben Gabriel her lief.

»Nein, der geht nicht ran. Verdammt!«, fluchte Gabriel. »Hoffentlich ist da nichts passiert.«

Kurze Zeit später stießen sie die schwere Metalltür nach draußen auf und atmeten tief durch. Der Bus stand noch genau an der Stelle, wo sie ausgestiegen waren, und daneben parkte ein verbeulter alter Opel Corsa.

»Das ist ja, als hätte man die Wahl zwischen Pest und Cholera. Ich würde sagen, wir nehmen das kleinere Übel.« Gabriel deutete auf den Transporter. »Was ein Glück, der Schlüssel steckt.«

»Da drin haben wir wenigstens Platz«, sagte Penny und zwängte sich hinter dem Beifahrersitz auf die breite Sitzbank. »Diesmal darf jemand anderes vorn sitzen.«

»Alle angeschnallt?« Gabriel blickte in die Runde, als alle eingestiegen sind. »Wo ist Blablaquatschi?«

»Der ist hier«, sagte Schoki. »Dem gefällt es auf meiner Schulter.«

Gabriel öffnete seine Gürteltasche und entnahm der kleinen Box darin ein daumennagelgroßes Stück Ingwer, das er zu Schoki nach hinten reichte. »Hier, gib ihm das.«

»Gut gemacht, BBQ.« Schoki hielt ihm das kleine Stück vor die Nase, welches das Frettchen augenblicklich schnappte und schmatzend verdrückte. »Das hast du dir verdient. Deine Rettung war aber auch so was von überfellig.«

»Fünf Euro in die Wortspielkasse!«, rief Merle.

»Wir haben doch gar keine«, warf Claude ein, der am Gesicht abzulesen war, dass der Wasserpegel bereits sehr hoch stand.

»Dann haben wir eben ab jetzt eine«, sagte Merle und lachte. »Auf geht's. Lasst uns von hier verschwinden.«

»Ich hatte ja vorhin, als wir hier ankamen, schon ein komisches Gefühl. Und das trügt mich normalerweise nie«, murmelte Gabriel, startete den Motor und steuerte den Transporter durch den offen stehenden Zaun vom Gelände in Richtung Westerheversand.

Fünfzehn Minuten später parkte er den Kleinbus in der Nähe der Warft, die restliche Strecke mussten sie zu Fuß zurücklegen. Jede Menge anderer Fahrzeuge standen überall geparkt und der Wind wehte Fetzen von Musik zu ihnen herüber. »Was ist denn da los? Und vor allem, warum sollen wir so dringend kommen? Haben wir Heinrichsens Geburtstag verpasst, oder was?«, fragte Merle, während sich die Fünfergruppe im Laufschritt dem Leuchtturm näherte. »Muss auf jeden Fall was Großes sein, wenn hier Autos parken dürfen.«

»Mir egal, Hauptsache dort gibt's ein Klo.« Claude bildete mit ihrem x-beinigen Gang das Schlusslicht.

Als sie ankamen, stellten sich ihnen zwei breitschultrige Männer in den Weg, die sogar Gabriel noch überragten.

»Wo wollen Sie denn hin? Hier ist heute geschlossene Gesellschaft, wir dürfen nur geladene Gäste einlassen. Stehen Sie auf der Liste?«

»Wir sind von der Kriminalpolizei und gehören zu Erno Heinrichsen. Er wollte, dass wir kommen.«

Die beiden Gorillas sahen sich an und zuckten mit den Schultern.

»Können Sie sich ausweisen?«

»Unter anderen Umständen wäre das kein Problem, nur ist es so, dass wir gerade von …«

»Also nicht.« Einer der beiden wandte sich um und ging davon. »Ich kläre das mal eben ab.«

Das bedeutete zumindest, dass Heinrichsen hier war.

»*… Friday night and the lights are low …*«, klang es von hinter dem Gebäude zu ihnen herüber.

»*… looking out for a place to go …*«, sangen Merle, Schoki und Penny im Chor mit. Nur Claude nicht, die nach wie vor damit beschäftigt war, sich auf die Lippe zu beißen.

Überrascht wandte sich Gabriel um. »Wow, ich wusste gar nicht, dass ihr so gut singen könnt.«

»Das ist ABBA, das geht sogar mit drei Promille noch«, warf Schoki ein. »Nicht dass ich eine Ahnung hätte, wie es ist, mit drei Promille zu singen … Ich meine ja nur.«

»Schon klar«, sagte Merle und lachte.

»Wie lange dauerte das denn noch?«, fragte Gabriel

den Türsteher. »Meine Kollegin hier müsste mal ganz dringend auf die Toilette.«

»Das ist nicht zu übersehen«, meinte der Mann, »aber da könnte ja jeder daherkommen. Vorschriften sind Vorschriften.«

Fünf unendliche Minuten später, zumindest was Claudes Wahrnehmung betraf, kehrte der zweite Gorilla mit einem sichtlich derangierten Erno Heinrichsen im Schlepptau zurück.

Die Krawatte hing locker um seinen Hals, ein Hemdzipfel hing aus seiner Hose und seine Frisur hatte auch schon mal besser ausgesehen. Was auch immer hier stattfand, Heinrichsen schien Spaß zu haben und wollte das Team um Gabriel aus irgendeinem Grund dabeihaben. Vermutlich, weil er zu viel intus hatte. Dafür sprachen seine rotgeränderten Augen.

»Da sind Sie ja endlich! Meine Güte, was hat denn das so lange gedauert?« Erno Heinrichsens Stimme klang ein wenig verwaschen, es war noch kein Lallen, aber definitiv nicht mehr weit davon entfernt. »Kommen Sie schon mit, was stehen Sie hier so untätig rum?«

»Herr Heinrichsen, was ist denn passiert? Was ist hier los? Sie haben doch nicht etwa Geb…«

»Papperlapapp«, fiel Heinrichsen Gabriel ins Wort. »Meine Nichte heiratet heute. Das hier«, er streckte einen Arm aus und drehte sich einmal um seine eigene Achse, »ist ihre Hochzeitsfeier.«

»Okay«, sagte Gabriel gedehnt. »Was machen wir dann hier?«

»Das, mein lieber Herr Behrens, ist eine ausgezeichnete Frage. Und die werde ich Ihnen beantworten, sobald unsere Frau Doktor auf der Toilette war.«

Obwohl Heinrichsen sichtlich angetrunken war, hatte er immer noch seinen scharfen Blick für Details.

»Kommen Sie mit, Frau Schäfer. Die Toiletten sind da drüben.« Er hakte sich bei ihr unter und führte sie zum gegenüberliegenden Gebäude.

»Danke, sehr nett. Den Rest schaffe ich dann allein«, bedankte sich Claude und öffnete ihre Hose bereits, während sie noch die letzten Meter zurücklegte.

Claudine konnte sich nicht erinnern, jemals so dringend zur Toilette gemusst zu haben. Entsprechend groß war die Erleichterung darüber, dass sie es gerade noch rechtzeitig geschafft hatte. Ihr gesamter Körper entspannte sich augenblicklich und sie war wieder in der Lage, an etwas anderes zu denken. Aufs Klo zu müssen, aber nicht zu können, weil keine in der Nähe war, zählte zu ihren schlimmsten Albträumen.

Jetzt stand sie vor dem Waschbecken und wusch sich die Hände. Während das warme Wasser über ihre Hände plätscherte und die letzten Seifenreste wegspülte, blickte sie in ihr Spiegelbild. Ihre Unterlippe war ganz wund vom ständigen Daraufbeißen, aber wenigstens hatte es geholfen. Sie trocknete ihre Hände in diesen unerträglich lauten Luftbläsern. Praktisch waren diese Teile schon und man brauchte kein Papier mehr, obendrein war es hygienisch, aber der Lärm machte sie jedes Mal verrückt.

Vermutlich lag es daran, dass ihre Arbeit mit Leichen eher von Stille geprägt war. Nichts außer das gelegentliche Klappern eines Werkzeugs, das leise Surren eines Fräswerkzeugs oder das Knacken von Knochen, wenn sie mit der Zange einen Brustkorb öffnete. Sie schüttelte den Gedanken mit den letzten Wassertropfen an ihren Händen ab und verließ die sanitären Anlagen, wo draußen bereits die anderen auf sie warteten.

»Claude, du siehst so anders aus. So … erleichtert.« Penny lachte und der Rest der Truppe stimmte mit ein.

»Ihr könnt euch nicht mal ansatzweise vorstellen, *wie* erleichtert ich bin.«

Heinrichsen klatschte in die Hände. »Jetzt ist Schluss mit lustig. Folgen Sie mir bitte.« Forschen Schrittes marschierte er voran und hielt auf das gegenüberliegende baugleiche Gebäude zu. Nichts, außer seiner Kleidung, ließ mehr darauf schließen, dass Generalstaatsanwalt Erno Heinrichsen zu tief ins Glas geschaut hatte. Er kramte in seiner Hosentasche und holte einen Schlüssel, an dessen Ring ein kleiner Leuchtturm hing, heraus, dann sperrte er die Tür auf. »Kommen Sie bitte rein, schnell, machen Sie schon.«

Als alle drin waren, verschloss er die Tür.

»Herr Heinrichsen, würden Sie uns bitte sagen, was hier los ist? Was soll das Ganze?«, fragte Gabriel.

»Herr Behrens, immer der Reihe nach. Gleich werden Sie sehen, warum ich sie hergebeten habe.« Heinrichsen fuhr sich über die Stirn und anschließend durch sein wirr vom Kopf abstehendes Haar.

Schoki sah sich um und entdeckte ein WC-Schild. »Warten Sie bitte noch kurz, ich muss nämlich auch noch schnell wo hin.«

»Ich auch«, sagte Merle.

»Und ich auch.« Penny folgte den beiden auf die Toilette.

»Damit wäre wohl die Theorie bewiesen, dass Frauen nicht allein zur Toilette gehen können.« Heinrichsen sah zu Gabriel und die beiden fingen an zu lachen.

Claude räusperte sich. »Ich bin hier. Ich kann Sie hören ...«

Gabriel und Heinrichsen verstummten sofort.

»Tut mir leid, Frau Schäfer. Ich wollte nicht ...«

»Schon gut.«

KAPITEL ZEHN

»Wo sind die hin?« Hannes starrte in den leeren Raum, dessen Tür sperrangelweit offen stand. »Das gibt's doch nicht. Wie sind die da rausgekommen?«

»Jedenfalls nicht so, wie vorgesehen«, sagte Jupp.

»Hast du etwa nicht hinter denen abgesperrt?«, fragte Hannes.

»Natürlich, wo denkst du hin?«

»Na, es hätte ja sein können, weil du doch so dringend zur Toilette musstest«, meinte Hannes und grinste.

»Die du in der Zwischenzeit verpestet hast, statt mir zu helfen.« Jupp funkelte Hannes wütend an. »Ständig überlässt du mir die ganze Arbeit, kommst laufend zu spät und dann kann ich mir von dir auch noch den Schwarzen Peter zuschieben lassen? Nee, lass mal.«

»Dann erklär mir, wie die sonst rausgekommen sein sollen. An den Schlüssel können sie ja schlecht rangekommen sein, wenn du ihn *verloren* hast. Und gefunden haben wir ihn auch noch nicht.« Hannes redete sich regelrecht in Rage.

»Vielleicht waren das Trickbetrüger?« Jupp überlegte fieberhaft, wie das passieren konnte, aber ihm wollte einfach keine plausible Erklärung einfallen.

»Genau, und ich bin Houdini.« Hannes lachte. »Du kannst dich schon mal auf was gefasst machen. Wenn der Chef Wind davon kriegt, macht er dich ordentlich rund, das kannst du mir glauben.«

»Hör mir bloß auf, ich darf gar nicht daran denken. Und du? Du könntest mir ruhig mal helfen, dafür, dass ich dich laufend decke und dein ständiges Zuspätkommen nicht verpfeife.«

»Jetzt hab dich mal nicht so. Der wird dir schon nicht den Kopf abreißen.« Hannes klopfte Jupp auf die Schulter. »Das wird schon. Lass uns in die Kneipe fahren und einen Aquavit zischen, danach sieht die Welt gleich ganz anders aus.«

»Dein Wort in Gottes Ohr, Hannes.«

Kurz darauf standen die beiden auf dem Platz vor dem Bunker und trauten ihren Augen nicht.

»Scheiße. Die haben unseren Bus geklaut!«, fasste Jupp das Offensichtliche in Worte. »Ich fasse es nicht!«

»Jetzt hast du aber ein Problem«, meinte Hannes. »Da hilft vermutlich nicht mal mehr Aquavit.«

»Und jetzt?« Jupp vergrub seine Hände in den Hosentaschen seines Overalls und starrte betreten zu Boden.

»Nichts und jetzt. Wir fahren zum Chef und dann zur Polizei.«

»Hier entlang, die Herrschaften.« Heinrichsen schob den querstehenden Tisch neben der Eingangstür zur Herrentoilette beiseite und gab Gabriel und dessen Team ein Handzeichen, ihm zu folgen.

Gabriel drehte sich zu Penny, Schoki, Merle und Claude um und zuckte mit den Schultern, dann schloss er zu Heinrichsen auf, der bereits einige Meter vor ihnen im Gang verschwunden war.

Heinrichsen blieb am Ende des Flurs stehen, drehte sich um und wies mit seiner linken Hand um die Ecke, zu der Stelle, an der Joost Nielsen mit einem Strick um den Hals am Deckenbalken hing.

Gabriel, Penny, Schoki, Merle und Claude spähten um die Ecke, dann wandten sie sich um.

»Und deswegen haben Sie uns herbeordert?«, fragte Merle.

»Was heißt hier *und deswegen?*« Erno Heinrichsen stemmte seine Hände in die Hüften und atmete hörbar aus. »Dafür sind Sie doch schließlich da, oder?«

Gabriel sah Heinrichsen an, als ob dieser völlig den Verstand verloren hätte. »Bei aller Liebe, Herr Heinrichsen, aber wir sind doch keine Putzkolonne.«

»Putzkolonne? Sie sollen hier nicht wischen, sondern sich um den To…« Heinrichsen brach mitten im Satz ab, nachdem sein Blick zu der Stelle gewandert war, wo sich bis vor Kurzem noch Joost Nielsens Leiche befunden hatte. »Das gibt's doch nicht! Wo ist die Leiche?«

»Kann es sein, dass Sie heute ein bisschen zu tief ins Glas geschaut haben?«, stellte Gabriel die Frage, die allen auf der Zunge lag, sich aber niemand sonst zu stellen traute.

»Herr Behrens! Natürlich habe ich das eine oder andere Bier getrunken, aber ich weiß doch, was ich gesehen habe!«

Sie gingen zu der Stelle, wo laut Heinrichsen der leblose Körper eines Mannes am Deckenbalken gehangen haben soll. Jetzt standen da nur ein Putzeimer, ein Wischmopp und ein Tritthocker.

»Das kann nicht sein! Ich habe gleich nach der Entdeckung der Leiche die Tür abgesperrt. Wie um alles in der Welt kann ein Toter einfach so verschwinden? Und dann noch aus einem verschlossenen Gebäude? Das ist doch unmöglich.«

Skeptisch musterten die Teammitglieder ihren Chef. Erno Heinrichsen war nicht dafür bekannt, Märchenerzähler zu sein und sich Geschichten auszudenken. Aber die Tatsache, dass er heute getrunken hatte, möglicherweise zu viel, war nicht von der Hand zu weisen.

»Sehen Sie mich nicht an, als ob ich verrückt wäre! Himmelherrgott noch mal!« Heinrichsens Kopf lief rot an.

»Jetzt mal Butter bei die Fische«, sagte Claude. »Gibt es denn außer Ihnen noch jemanden, der bezeugen kann, den Toten gesehen zu haben?«

»Ja, das heißt nein. Ich habe gleich nach der Entdeckung meinem Bruder Peter davon erzählt.« Heinrichsen blickte betreten zu Boden. »Ein Fehler, ich weiß. Aber immerhin hatte er die Idee, die Tür abzusperren, damit niemand sonst dem Toten in die Arme beziehungsweise von der Decke baumelnden Beine lief.«

»Also waren Sie der Einzige, der der Leiche gesehen hat«, fasste Merle die Fakten zusammen.

»So gesehen, ja.«

»Wie lange ist das jetzt her?«, fragte Gabriel.

Heinrichsen blickte auf seine Armbanduhr und überlegte. »Zwei Stunden, höchstens.«

»Warum haben Sie nicht umgehend die Polizei informiert?«, wollte Schoki wissen, während alle anderen ihr kopfnickend zustimmten. Ein Suizid fiel zunächst nicht in ihr Aufgabengebiet, zumal Westerheversand nicht in ihrem Zuständigkeitsbereich lag.

»Sie wissen, warum ich heute hier bin, oder?« Heinrichsen schnaufte. »Ich wollte den schönsten Tag im Leben meiner Nichte Swantje nicht ruinieren. Außerdem …« Er hielt inne und überlegte.

»Außerdem was?«, hakte Merle nach.

»Nun, der Tote war kein Unbekannter. Ich kannte ihn.« Heinrichsen kratzte sich am Hinterkopf.

»Wer soll es Ihrer Meinung nach denn gewesen sein?« Claude sah Heinrichsen mit hochgezogenen Augenbrauen erwartungsvoll an. »Der Kaiser von China?«

Gabriel, Merle, Penny und Schoki brachen in schallendes Gelächter aus, hatten sich aber umgehend wieder im Griff, als Heinrichsen ihnen einen schneidenden Blick zuwarf.

»Ja, lachen Sie nur. Ich weiß, was ich gesehen habe. Der Mann, den ich vor zwei Stunden an der Decke hängend vorgefunden habe, war niemand Geringeres als Joost Nielsen.«

»Joost Nielsen?« Gabriel überlegte, ob ihm der

Name bekannt vorkam. »Noch nie gehört. Wer soll das sein?«

»Nielsen war Kronzeuge in einem meiner ersten Fälle als Staatsanwalt. Danach kam er ins Zeugenschutzprogramm. Niemand wusste, wo er lebte. Man munkelte, er wäre in Dänemark oder noch weiter oben in Finnland oder Schweden gewesen.«

»Hören Sie zu, Heinrichsen. Wir kommen gerade von einem Teambuilding-Event, das sie uns eingebrockt haben. Sie erinnern sich?«, sagte Gabriel. »Nachdem dort augenscheinlich nicht alles nach Plan gelaufen ist, haben wir es dennoch geschafft, aus dem Escape-Room zu entkommen. Allerdings mussten wir uns, um hierher zu kommen, den Transporter des Veranstalters *ausleihen*.«

»Sie haben doch nicht etwa …?« Heinrichsens Augen wurden groß.

Gabriel nickte.

»Ich kann Ihnen nicht ständig ihre Köpfe aus den Schlingen ziehen, so geht das nicht. Laufend stellen Sie mich vor neue Probleme, anstelle so zu arbeiten, wie es sich gehört.« Heinrichsen schüttelte den Kopf. »Sie sind die besten Pferde in meinem Stall, aber deswegen können Sie sich noch lange nicht alles erlauben.«

»Diesmal dürfte es ein Leichtes für Sie sein, die Angelegenheit zu klären. Wir gehen davon aus, dass der Veranstalter illegal ein altes Militärgelände für seine Events nutzt. Und das ist nur ein Punkt von vielen, der dafür sorgen wird, dass wegen des entwendeten Fahrzeugs kein allzu großer Wirbel gemacht wird«, klärte Gabriel seinen Chef auf. »Zudem sind Sie es gewesen, der mich zigmal angerufen und mir geschrieben hat, dass wir umgehend hierher zu kommen hätten.«

»Ich weiß, was Sie jetzt denken.« Heinrichsen schüttelte seinen Kopf. »An Ihrer Stelle wäre ich auch der Meinung, ich hätte mir das Ganze nur eingebildet. Aber das stimmt nicht!«

»Was sollen wir jetzt Ihrer Meinung nach tun?«, fragte Claude.

»Tun Sie alles, was nötig ist, um den Verbleib der Leiche aufzuklären«, sagte Heinrichsen. »Aber möglichst unauffällig bitte. Ich werde dafür sorgen, dass Sie Ihrer Arbeit ungestört nachgehen können und mich derweilen wieder unter die Hochzeitsgäste mischen. In etwa dreißig Minuten beginnt die Schenkrunde, und wenn ich da nicht anwesend bin, kann ich mir das wieder jahrelang vorhalten lassen. Wenn Sie mich brauchen, dann finden Sie mich draußen. Aber bitte kontaktieren Sie mich nur, wenn es nicht anders geht.« Heinrichsen drückte Gabriel den Schlüssel in die Hand. »Sperren Sie bitte hinter mir wieder ab.«

Gabriel, Merle, Schoki, Penny und Claude standen im Flur bei den Toiletten wie bestellt und nicht abgeholt. Ein Leichenfundort ohne Leiche, ein sichtlich angetrunkener Chef und draußen auf der Freifläche jede Menge Feiernde, die allesamt als Täter infrage kamen – wofür auch immer.

»Na das kann ja heiter werden …«, murmelte Merle.

»Und sollte die Leiche auftauchen, wovon ich zum jetzigen Zeitpunkt nicht ausgehe«, meinte Claude schulterzuckend, »könnte ich nicht mal etwas ausrichten, denn ich habe meine Ausrüstung nicht dabei.«

»Das ist das kleinste Problem«, sagte Gabriel. »Ruf an und lass sie dir bringen. In der Zwischenzeit sehen wir uns hier mal um.«

KAPITEL ELF

»Sorry, aber der hat sie doch nicht mehr alle«, brach es aus Schoki heraus, nachdem Gabriel die Tür hinter Heinrichsen geschlossen und abgesperrt hatte.

»Keine voreiligen Schlüsse, Schoki«, ermahnte sie Gabriel. »Für seine Geschichte spricht, dass er sehr emotional gewirkt hat.«

»Stimmt«, pflichtete ihm Claude bei. »Er war vollkommen nervös, wirkte fahrig, und ich bin obendrein der festen Überzeugung, dass er uns nur die halbe Wahrheit gesagt hat.«

»Das vermute ich auch«, sagte Merle. »Außerdem, was, außer Hohn und Spott, hätte er davon, sich so eine Geschichte auszudenken?«

»Wir haben nur ein Problem«, mischte sich jetzt auch Penny ein.

»Welches Problem?«, fragte Merle.

»Heinrichsen hat getrunken, und das nicht zu wenig«, sagte Penny und alle stimmten ihr zu.

»Wisst ihr, was am häufigsten für Erinnerungslücken, Blackouts und Hirngespinste verantwortlich ist?«, fragte er.

»Na, das weiß ja jeder: GHB, GBL, BD, Liquid Ecstasy, K.-o.-Tropfen, such dir was aus«, kam es von Schoki wie aus der Pistole geschossen.

»Was habe ich gerade zum Thema voreilige Schlüsse gesagt?«, tadelte sie Gabriel. »Die von dir genannten Substanzen haben eines gemeinsam: Nach deren Konsum erinnerst du dich an absolut gar nichts mehr.«

»Worauf willst du hinaus?«, fragte Merle.

»Am häufigsten verantwortlich für Erinnerungslücken, Blackouts und Hirngespinste ist … Alkohol. Und der fließt hier heute in Strömen. Heinrichsen war im Höchstfall angetrunken, er hat nicht gelallt und hatte auch sonst keine Ausfallerscheinungen.«

Merle, Penny, Schoki und Claude nickten langsam. Ihnen war durchaus klar, dass es sich Heinrichsen nicht leisten konnte, ihnen ein Lügenmärchen aufzutischen. Wenn das an die Öffentlichkeit gelangte, wäre sein Ruf als Generalstaatsanwalt ruiniert. An seiner Geschichte musste also zumindest im Kern ein Funke Wahrheit dran sein.

»Gehen wir mal davon aus, er hat wirklich die Leiche von diesem Joost Nielsen gesehen«, sagte Gabriel. »Wer hätte ein Interesse daran, diese verschwinden zu lassen, *nachdem* Heinrichsen sie entdeckt hat?«

»Jemand muss ihn dabei beobachtet haben. Es muss also einen Zeugen geben«, schlug Merle vor.

»Nicht unbedingt. Vielleicht war es auch nur Zufall?«, meinte Claude.

»Aber er hat doch gesagt, er hätte unmittelbar nach der Entdeckung die Tür abgeschlossen, oder?« Penny überlegte, während Schoki ihren Gedanken aussprach: »Nachdem er seinem Bruder davon erzählt hat.«

»Leute, alles der Reihe nach«, sagte Gabriel. »Lasst uns erst mal herausfinden, ob hier überhaupt eine Leiche war. Wenn dem so ist, dann müssen irgendwo Spuren sein.«

Claude wischte auf dem Display ihres Smartphones herum und schüttelte den Kopf. »Ich kann nichts über einen Joost Nielsen finden.«

»Na, kein Wunder, wenn der tatsächlich im Zeugenschutzprogramm war«, sagte Merle.

»Claude, ruf noch mal im Büro an. Wenn die dir deine Ausrüstung bringen, sollen die auch gleich Nielsen Akte mitnehmen. Dann können wir uns ein Bild machen.« Gabriel ging im Flur auf und ab. »Ich würde sagen, wir teilen uns auf. Merle und Claude, ihr bleibt mit mir hier drin und wir suchen alles nach Spuren ab, die auf eine männliche Leiche hindeuten. Wir sollten im Hinterkopf behalten, dass der Suizid vorgetäuscht gewesen sein könnte. Penny und Schoki, ihr beiden mischt euch möglichst unauffällig unters Partyvolk und haltet nach allem Ausschau, was auch nur im Entferntesten auffällig wirkt. Befragt die beiden Gorillas am Eingang, ob sie jemanden gesehen haben, der fluchtartig das Gelände verlassen oder sich merkwürdig verhalten hat.«

»Alles klar«, sagte Penny und wartete mit Schoki darauf, dass ihnen Gabriel die Tür aufsperrte, um sie nach draußen zu entlassen.

»Ach, und noch was, meine Damen: Finger weg vom Alkohol. Wir sind im Dienst.«

Penny und Schoki verdrehten die Augen. »Schon kapiert, Boss. Wäre ja auch zu schön gewesen.«

Nachdem Gabriel Cyndi Laupers nervtötende Piepsstimme, die durch die offene Tür zu ihnen hereingedrungen war, ausgesperrt hatte, rutschten Merle, Claude und er zwei von den an der Seite stehenden Tische zusammen. Gemeinsam überlegten sie, wie sie am besten vorgehen sollten.

KAPITEL
ZWÖLF

»Wen nehmen wir uns als Erstes vor?«, rief Schoki über die Klänge von *Girls just wanna have Fun* hinweg, damit Penny sie hören konnte.

»Keine Ahnung, aber ich denke, Heinrichsens Bruder könnte ein vielversprechender Ansatz sein. Was meinst du?«

»Okay, dann lass ihn uns mal suchen«, schlug Schoki vor.

»Weißt du, wie er aussieht?«, fragte Penny.

»Nö, aber Google wird uns da sicher weiterhelfen.« Schoki googelte bereits den Namen und hielt Penny ihr Smartphone unter die Nase.

»Na, was sagt man dazu? Bürgermeister von St. Peter-Ording. Wer hätte das gedacht? Leite das mal bitte an Merle weiter. Ich finde, das sollten die wissen.«

»Schon erledigt«, sagte Schoki. »Und jetzt wissen wir auch, wie er aussieht. Damit sollten es ein Leichtes sein, ihn zu finden.«

»Jetzt fällt mir wieder ein, warum ich Hochzeiten hasse.« Penny ließ sich vor dem Leuchtturm ins Gras sinken und genoss die Kühle im Schatten.

Das Wetter zeigte sich heute von seiner schönsten Seite und nicht mal die Brise, die vom Meer herüberwehte, schaffte es, für Abkühlung zu sorgen.

»Das sind so unglaublich viele Leute, wie sollen wir Peter Heinrichsen da finden?«, stöhnte sie.

»Wenn er noch hier ist, kann er nicht weit sein. Er ist der Vater der Braut, sofern ich Heinrichsens Informationen richtig kombiniert habe«, sagte Schoki, die neben Penny stehen blieb. »Außerdem hat er was davon gesagt, dass jetzt dann die Schenkung beginnt. Eine gute Gelegenheit, die Leute zu beobachten. Komm mit, ich glaube, es ist gleich so weit.«

Schoki half Penny auf die Beine und sie mischten sich unter den Strom der Schenkungswilligen. Von überall her wurden Blumen, Kisten und diverse Arrangements angeschleppt, die meisten der Gäste waren jedoch mit Kuverts bewaffnet. Es war sogar jemand darunter, der eine Schubkarre mit Sand vor sich her schob.

Als sie durch das offen stehende Tor in den Saal gelangten, zog Schoki Penny mit sich zur Seite, wo sie die Treppe nach oben auf die Galerie nahmen. Auf der Galerie angekommen, lehnten sich an die Brüstung, um einen guten Überblick zu haben. Die Schlange der Hochzeitsgäste war endlos lang, zog sich bis über die Freifläche hinaus. Den beiden bot sich jedoch ein überschaubares Bild, denn die Leute stellten sich paarweise vor dem Brauttisch auf. Jeder der geladenen Gäste musste mit Braut und Bräutigam anstoßen und einen Schluck Hochzeitswein trinken.

»Um Himmels willen«, sagte Schoki, »das Brautpaar muss danach ja völlig betrunken sein. Stell dir mal vor: Pro Geschenk nur ein Schluck Wein. Das macht …«

»Die beiden trinken keinen Wein«, klärte Merle sie auf.

»Aber …«, wandte Schoki ein und deutete nach unten, wo bereits die ersten Gläser klirrten, Hände geschüttelt und Glückwünsche ausgesprochen wurden.

»Apfelsaft«, sagte Penny.

»Woher weißt du das?«

»Ich war schon auf ein paar Hochzeiten, *glöfst mi dat?*«

Schoki musste grinsen. Aber je länger sie über Pennys Worte nachdachte, umso mehr Sinn ergaben sie.

»Aufpassen jetzt. Zuerst schenken immer die Familien und Verwandten der Brautleute. Da müsste Peter also mit dabei sein.« Penny sah sich aufmerksam um, aber von oben war das nicht so einfach.

»Der da«, meinte Schoki, »der könnte es sein, oder?«

Ein adrett gekleideter älterer Herr stieß gerade mit der Braut an.

»Könnte sein, ja. Den behalten wir mal im Auge«, sagte Penny. »Aber wir dürfen uns nicht auf den einschießen. Im Prinzip könnte es jeder gewesen sein.«

»Er war aber laut Heinrichsen der Einzige, dem er davon erzählt hat«, hielt Schoki dagegen.

»Und was ist, wenn Peter geplappert hat? Dann hat die Story vielleicht schon die Runde gemacht, ehe wir hier überhaupt angekommen sind.«

»Das kann ich mir nicht vorstellen«, sagte Schoki. »Überleg mal. Würde er als Vater der Braut riskieren, die Hochzeitsfeier seiner Tochter zu ruinieren? Nie im Leben.«

»So gesehen hast du recht, aber trau schau wem.«

Eine Stunde und viele geleerte Weinflaschen und umetikettierte Apfelsaftflaschen später waren sie immer noch auf der Galerie und keinen Schritt weiter.

»Wie lange das wohl noch geht?«, fragte Penny.

»Die Schlange ist nicht mehr lang«, sagte Schoki und gähnte.

»Lass uns schon mal hinuntergehen und Peter Heinrichsen auf den Zahn fühlen, bevor nachher das Abendessen serviert wird und sich die Ersten an der Bar die Kante geben.«

In der Zwischenzeit hatte sich Claude ihren Koffer bei den beiden Gorillas, die die Zugänge überwachten und dafür sorgten, dass niemand, der nicht geladen war, das Gelände betrat, abgeholt.

Nachdem Gabriel die Tür wieder hinter ihr abgesperrt hatte, legte sie den Koffer auf dem Tisch ab und klappte ihn auf. Sie reichte je ein Paar Einweghandschuhe an Gabriel und Merle, die sich diese schnalzend überzogen.

»Ist Nielsens Akte auch drin?«, fragte Gabriel.

Claude zog einen dünnen Schnellhefter aus dem Fach im Deckel, wo ihre Kollegen die angeforderten Unterlagen deponiert hatten.

»Viel wird uns die nicht bringen«, meinte Claude, als sie die Mappe durchblätterte. »Das meiste ist geschwärzt, aber es ist ein Foto drin.« Sie reichte den Hefter an Gabriel.

Er öffnete die Mappe und blätterte durch die wenigen Blätter, die darin waren. »Immerhin haben wir jetzt eine Vorstellung davon, wie er aussieht beziehungsweise aussehen könnte. Das Foto scheint schon etwas älter zu sein, aber das ist besser als nichts.«

»Auf geht's. Gehen wir nach hinten und schauen wir, ob und was wir finden. Nehmt euch bitte Taschenlampen mit. Mein Stativ mit der großen Lampe hab ich nicht, also müssen wir uns so behelfen.«

»Das wird schon passen, immerhin sollen wir ja kein Aufsehen erregen«, meinte Merle, die nach wie vor davon überzeugt war, dass Heinrichsen ihnen einen Bären aufgebunden hat. Allerdings wollte ihr kein triftiger Grund dafür einfallen. Je länger sie darüber nachdachte, umso seltsamer kam ihr das alles vor. Erst schickt Heinrichsen die ganze Truppe zu einem Teambuilding-Event, noch dazu einem, bei dem es nicht mit rechten Dingen zuging. Letzteres durfte sie ihm allerdings nicht ankreiden, denn sie waren es gewesen, die sich für den Escape-Room entschieden hatten. Sie hatten schließlich die Wahl gehabt. Jedoch war ihr Chef es gewesen, der die Buchung vorgenommen hatte. Obendrein kontaktierte der sie ausgerechnet dann, als sie nicht erreichbar gewesen waren, weil sie zum einen ihre Handys hatten abgeben müssen und zudem im Bunker keinen Empfang gehabt hatten. Heinrichsen hatte unmöglich davon wissen können. Und dennoch bereitete die ganze Sache ihr Kopfzerbrechen. Irgendetwas passte hier nicht zusammen. Nein, das kam ihr nur so vor, denn alles passte perfekt zusammen– wie bei einer minutiös aufeinander abgestimmten Choreografie.

Merle beschloss, ihre Gedanken für sich zu behalten – vorerst. Es war nicht zielführend, wenn sie Gabriel und Claude mit ihren Überlegungen auf eine falsche Fährte brachte. Jetzt galt es, sich erst mal in Ruhe umzusehen und dann die Fakten zusammenzutragen.

»Also, laut Heinrichsen soll er hier gehangen haben«, sagte Claude und deutete auf den ersten von insgesamt drei freiliegenden Deckenbalken. Sie zog sich Überzieher über ihre Schuhe, zog eine Lupe aus ihrem Kittel, den sie sich übergezogen hatte, rückte den Tritthocker unter den Holzbalken und stieg hinauf. Da sie mit ihren eins fünfundsechzig nicht gerade zu den Größten zählte, musste sie sich auf die Zehenspitzen stellen, um den Balken sprichwörtlich unter die Lupe nehmen zu können. »Ahhh«, machte sie. »Gabe, hol mir mal bitte eine Pinzette aus dem Koffer. Die stecken in so einer Art Reagenzgläsern in den kleinen Fächern im Deckel.«

Gabriel verschwand kurz und kehrte gleich darauf wieder zurück und reichte ihr den gewünschten Gegenstand.

»Danke«, murmelte sie. »Könntet ihr euch bitte einen Tisch herziehen und zu mir hochkommen? Ich glaube, ich habe hier was, das euch interessieren dürfte.«

Zwei Minuten später standen Gabriel und Merle auf gleicher Höhe mit ihr. Gabriel hatte aufgrund seiner Größe kein Problem, aber Merle ging es wie Claude und musste sich ebenfalls strecken, um etwas erkennen zu können.

»Oberflächlich betrachtet, ist auf den ersten Blick nichts zu sehen, das darauf hindeutet, dass hier jemand hing. Aber«, führte Claude aus, »hier in dem Balken ist ein Spannungsriss, der sich von hier oben bis nach hier unten zieht.« Sie zeichnete in einigem Abstand den Holzspalt mit dem Finger nach. »Merle, sei so gut und beleuchte das hier mal von deiner Position aus.«

»So?«, fragte Merle.

»Perfekt«, nuschelte Claude, die den Verschluss der Pinzettenhülse mit den Zähnen öffnete. Dann ließ sie die Pinzette herausrutschen und verstaute das Röhrchen samt Stöpsel in ihrer Kitteltasche. Sie schob ihre Brille, die ihr aufgrund ihrer Größe und ihres Gewichts ständig die Nase hinunterrutschte, wieder zurück und blickte konzentriert durch die Lupe. »Hab ich dich!«, sagte sie und fummelte mit der Pinzette unter dem Vergrößerungsglas herum, wobei sie sich auf die Zunge biss, um sich besser konzentrieren zu können.

»Und? Was hast du?«, fragte Gabriel, der von seiner Position aus nichts erkennen konnte.

»Reich mir mal bitte einen der Beutel aus meiner Kitteltasche. Ich hab leider keinen Arm mehr frei.

Manchmal könnte ich echt vier oder mehr davon brauchen«, sagte Claude.

Gabriel tat, wie ihm geheißen, fasste in ihre Tasche und händigte ihr einen kleinen Beutel aus.

»Öffnen, bitte. Danke.« Nachdem sie ihre Entdeckung im Beutel verstaut und diesen verschlossen hatte, stieg sie vom Hocker und ging den Gang zurück nach vorn zu ihrem improvisierten Schreibtisch neben den Eingängen zu den Toiletten. Gabriel und Merle folgten ihr.

»Jetzt sag schon, was hast du?«, sagte Merle.

»Ohne Mikroskop und weitere Analysen kann ich mich natürlich nicht zu einhundert Prozent festlegen.« Claude lehnte sich mit ihrem Hintern an die Tischkante und hielt den transparenten Plastikbeutel gegen das Licht. »Was ich sagen kann, ist, dass es sich hierbei«, sie schwenkte den Beutel in der Luft, »um kein Haar, sondern eine Faser handelt. Ob biologisch oder synthetisch weiß ich nicht, dazu ist sie zu klein. Aber wenn ich raten müsste, würde ich auf Hanf tippen.«

»Das heißt, dass dort tatsächlich jemand gehangen ist?«, fragte Gabriel.

»Nein«, antwortete Claude.

»Jetzt verstehe ich gar nichts mehr.« Merle schüttelte verständnislos den Kopf.

»Ganz einfach: Im Prinzip bedeutet es nur, dass an dieser Stelle mal *etwas* aufgehängt war. Ob ein Mensch, eine Girlande oder sonst was, gilt es herauszufinden. An Heinrichsens Schilderung könnte also etwas dran sein. Oder auch nicht.«

»Das heißt, wir sind keinen Schritt weiter.« Gabe vergrub seine Hände in den Gesäßtaschen seiner Jeans und ging auf und ab. »Was schlägst du vor, was wir jetzt unternehmen sollen? Weiter nach Spuren suchen, die es womöglich nicht gibt?«

Claude sah ihn durch ihre riesigen Brillengläser an und blieb ihm eine Antwort schuldig. Stattdessen zuckte sie nur mit den Schultern.

Merles Handy vibrierte und sie zog es aus ihrer Hosentasche. »Eine Nachricht von Schoki«, sagte sie und öffnete den Anhang. »Oh«, machte sie.

»Was denn?«, fragte Gabriel.

»Das dürfte euch interessieren. Wusstet ihr, dass der Bruder unseres Chefs, Peter Heinrichsen, Bürgermeister von St. Peter-Ording ist?«

Gabriel blieb stehen und er und Claude sahen sich an und schüttelten mit ihren Köpfen.

»Das ist in der Tat interessant und erklärt, warum die Hochzeitsfeier seiner Tochter hier stattfindet. Seit Mai finden hier weder Trauungen noch Feierlichkeiten statt. Vermutlich hat er seine Beziehungen spielen lassen«, sagte Claude.

»Du bist aber verdammt gut informiert.« Merle musterte sie neugierig in Erwartung einer Erklärung.

»Lange Geschichte«, wiegelte Claude ab. »Auf geht's. Worauf wartet ihr? Steht nicht so faul rum, wir müssen eine Leiche finden und aufklären, ob es ein Suizid war, wer sie verschwinden ließ und was das Ganze mit Erno Heinrichsen zu tun hat.«

»Wie? Jetzt verstehe ich gar nichts mehr. Ich dachte die Faser könnte auf alles Mögliche hindeuten.« Gabriel sah sie fragend an.

»Ich hab euch auf den Arm genommen. Das da im Beutel *ist* eine Hanffaser. Der Drall der Faser deutet auf ein starkes Seil hin. Hab ihr schon mal Girlanden oder Ähnliches mit einem etwa zweieinhalb bis drei Zentimeter durchmessenden Hanfstrick aufgehängt?«

Kopfschütteln.

»Seht ihr? Ich auch nicht.«

KAPITEL DREIZEHN

»Papa, wer sind denn die beiden Damen?« Swantje ließ sich vorsichtig auf dem freien Stuhl neben ihrem Vater nieder, was mit ihrem ausladenden Kleid gar nicht so einfach war. Dann deutete sie auf die beiden ihr unbekannten Frauen und musterte ihren Vater skeptisch.

»Das? Ach, das sind …«, fing Peter Heinrichsen an, aber Penny fiel ihm ins Wort.

»Antje Schmidt und meine Kollegin hier«, sie deutete auf Schoki, »ist Fenja Carlsen.« Sie reichte Swantje die Hand und schüttelte sie. Weil diese sie argwöhnisch beäugte, setzte sie hinzu: »Wir arbeiten erst seit Kurzem in der Gemeinde St. Peter-Ording und helfen hier aus, damit Sie heute diese wunderbare Feier genießen können. Ich hoffe, dass bisher alles zu ihrer vollen Zufriedenheit war.« *Hoffentlich ist das nicht zu dick aufgetragen,* dachte Penny.

»Ja, danke. Alles bestens«, murmelte Swantje.

»Papa, hast du kurz eine Minute?«, flüsterte sie ihrem Vater ins Ohr.

»Für dich, meine Prinzessin, doch immer. Geh schon mal nach hinten, ich komme gleich nach.«

Swantje stand auf und rauschte davon in Richtung Nebenraum, wo sie zuvor alle Geschenke verstaut hatten.

Als sie aus seinem Blickfeld verschwunden war, wandte sich Peter an die beiden Frauen, die ihm am Tisch gegenübersaßen. »Filmreife Leistung, meine Damen. Als Erno meinte, Sie würden hier unauffällig ermitteln, hatte ich gehofft, sie würden das auch tun. Stattdessen nehmen sie mich ins Kreuzverhör, dabei hab ich überhaupt nichts damit zu tun.«

»Herr Heinrichsen, Sie waren der Einzige, dem ihr Bruder von der Leiche erzählt hat. Demnach hatten nur Sie und Erno Kenntnis davon«, konfrontierte ihn Penny mit den Fakten.

»Das ist korrekt.«

»Als Ihnen Ihr Bruder von seiner Entdeckung erzählt hat, schienen Sie ja nicht sonderlich überrascht gewesen zu sein, oder? *Business as usual,* nehme ich an?«, sagte Schoki.

»Hören Sie, das ist reine Zeitverschwendung. Ich muss zu meiner Tochter«, sagte Peter Heinrichsen und sah gehetzt auf seine Uhr. »Ich will sie nicht zu lange warten lassen.«

»Das beantwortet nicht meine Frage«, beharrte Schoki. »Also?«

»Also was? Meine Güte! Meine Tochter heiratet heute. Nicht nur ich habe das ein oder andere Bierchen zu viel getrunken, und wären Sie an meiner Stelle, würden Sie den schönsten Tag im Leben Ihrer Tochter bestimmt auch nicht ruinieren wollen. Da schaltet man auf Autopilot und macht eben gute Miene zum bösen Spiel.«

»Da ist was dran«, sagte Penny und nickte verstehend. »Aber warum haben Sie dann das Gebäude abgesperrt?«

»Ganz einfach, damit sich nicht noch jemand auf der Suche nach der Toilette verläuft und versehentlich dort hineinstolpert.«

»Kannten Sie den Toten, der dort drüben hängt?«, bediente sich Schoki einer kleinen List.

»Ich kannte ihn nicht persönlich, weiß nur, dass er Kronzeuge in einem früheren Fall meines Bruders war. Der war hier in der Gegend bekannt wie ein bunter Hund, aber wer einigermaßen Grips in der Birne hatte, ging dem besser aus dem Weg. War's das jetzt?«

»Ja, gehen Sie ruhig zu Ihrer Tochter. Falls wir noch Fragen haben sollten, melden wir uns. Das gilt auch umgekehrt. Sollte Ihnen noch etwas einfallen, egal wie winzig das Detail auch sein sollte, melden Sie sich bitte bei uns.«

Schoki und Penny standen auf und ließen Peter Heinrichsen am Tisch sitzen.

»Komischer Kauz, aber meiner Meinung nach ist der sauber und hat nichts mit dem Verschwinden der Leiche zu tun. Er hat nicht reagiert, als ich sagte, dass Nielsen nach wie vor drüben hängen würde. Hätte er was mit seinem Verschwinden zu tun, hätte er zumindest kurz so etwas wie Irritation oder Ähnliches zeigen müssen. Aber da ist mir nichts aufgefallen«, sagte Schoki.

»Mhm«, machte Penny.

»Da bin ich, meine Kleine. Was ist los?« Peter Heinrichsen betrat das Nebenzimmer und ging zu seiner Tochter.

»Ist dir beim Schenken nichts aufgefallen?«, platzte es aus ihr heraus.

»Nein, was denn?«

»Onkel Erno war nicht da. Erst dachte ich, ich hätte es einfach nur nicht mitbekommen oder ihn übersehen, dann bin ich vorhin extra alle Glückwunschkarten durchgegangen – und das waren jede Menge! –, aber es war keine von ihm dabei.«

»Bist du dir sicher, dass seine Karte nicht dabei war?«, fragte er.

»Natürlich. Ich habe sie sogar zweimal durchgesehen, um ganz sicher zu gehen. Finn kann sich auch nicht erinnern, ihn gesehen zu haben.« Tränen standen in ihren Augen und es schmerzte Peter, Swantje so zu sehen. »Warum macht er das, Papa?«

Er umarmte seine Tochter und flüsterte ihr ins Ohr: »Ich weiß es nicht, mein Schatz.« Dann löste er sich von ihr. »Ich bin mir sicher, dass es keine böse Absicht war. Erno hat heute auch schon das eine oder andere Glas zu viel getrunken. Vielleicht hat er es einfach vergessen?«

»Das glaubst du doch wohl selbst nicht. Ich hab ihn extra vorher noch daran erinnert.«

»Ich gehe ihn suchen und bin mir sicher, dass es sich aufklären wird, ja?«

»Okay«, sagte Swantje. »Ich gehe dann mal raus

und lass mich wieder blicken, nicht dass mich am Ende noch jemand als vermisst meldet.« Nach dem Gespräch mit ihrem Vater konnte sie wieder lachen. Er würde sich darum kümmern, denn ihr Papa kümmerte sich immer um sie, um alles. Es schmerzte sie einfach, dass ihr Onkel sie laufend vergaß. Ihr ging es weniger um die Geschenke als vielmehr um die Zeit, die sie gern mit ihrem einzigen Onkel verbracht hätte. Aber Generalstaatsanwalt Erno Heinrichsen war so sehr mit der Verbrecherjagd beschäftigt, dass er so gut wie keine Zeit für sein Patenkind hatte. Und diese Tatsache stimmte sie besonders heute traurig, wo er ihr doch beim Überreichen der Einladung feierlich versprochen hatte, sich künftig mehr Zeit für sie zu nehmen. *Hätte, hätte, Fahrradkette.*

»Mensch, Erno! Wo warst du denn die ganze Zeit?« Peter ließ sich auf den freien Stuhl neben seinem Bruder sinken, der im Schatten saß und über einem Glas Bier brütete. »Du warst beim Schenken nicht drin, und Swantje ist nicht gerade glücklich darüber.«

Erno blickte seinen Bruder aus geröteten Augen an. »Hast du auch manchmal das Gefühl, dass du dir Dinge einbildest, die gar nicht da sind?«

»Was redest du denn da, Erno? Geht's dir nicht gut?« Peter legte einen Arm um seinen Bruder und spürte, dass er zitterte.

»Ich weiß auch nicht. Vorhin, als ich Joost Nielsen erhängt vorgefunden habe, da war plötzlich die ganze Sache von damals wieder präsent. Alles, verstehst du?«

Peter nickte langsam. Er wusste nicht wirklich, was Erno ihm sagen wollte, aber was hätte er sonst tun sollen? Aus Erfahrung wusste er, dass es am besten war, zu nicken und seinem Gesprächspartner recht zu geben. Und das tat er. Nicken und Ja sagen. Und das konnte er gut, denn so hatte er es bis zum Bürgermeister gebracht.

»Und dann war er plötzlich nicht mehr da«, erzählte er weiter.

Peter würde den Teufel tun und nachfragen oder seinen Bruder unterbrechen, wenn der schon mal von sich aus erzählte.

»Einfach weg. Jahrelang habe ich nichts mehr von ihm gehört oder gesehen, und dann hängt er da. Als ob er mich auslachen wollte.« Erno nahm einen großen Schluck von seinem Bier und stellte das Glas auf dem Tisch ab, ließ es jedoch nicht los. »Und dann ist er wieder weg. Wie weggezaubert, verstehst du?«

Peter verstand gar nichts mehr, nickte aber trotzdem.

»Wie stehe ich denn jetzt da? Wahrscheinlich wie der größte Trottel auf diesem Planeten. Du hättest mal sehen sollen, wie sie mich angesehen haben. Als ob ich nicht mehr ganz bei Trost wäre.« Er ließ seinen linken Zeigefinger an seiner Schläfe kreisen. »Aber weißt du, was das Schlimmste ist?« Erno zog den Arm seines Bruders von seiner Schulter und schob ihn ein Stück von sich weg. »Ich glaube, ich werde wirklich langsam verrückt«, flüsterte er. Und dann fing er an zu lachen.

»Du solltest heute nichts mehr trinken, Erno.« Peter fasste nach dem Bierglas, aber Erno war schneller und kippte den Inhalt des halb vollen Glases in einem Zug runter. »Erno! Jetzt reiß dich gefälligst mal zusammen. Dein Patenkind heiratet, und du hast nichts Besseres zu tun, als dich ausgerechnet heute in eine Midlife-Crisis zu stürzen?« Peter war stinksauer und er ließ sich zu etwas hinreißen, das ihm mit weniger Alkohol im Blutkreislauf vermutlich nicht passiert wäre: Er schlug mit der Faust auf den Tisch, dass sogar das Bierglas kurz von der Tischplatte abhob und krachend wieder darauf landete.

Immerhin schien es Wirkung zu zeigen und Erno aus seiner Lethargie zu reißen.

»Du hast ja recht. Ich wollte nicht …«, setzte Erno an.

»Komm mit. Der Tag ist noch jung. Bitte verdirb meiner Tochter heute nicht ihren großen Tag.« Peter stand auf und reichte seinem Bruder die Hand.

Erno ergriff sie und stemmte sich vom Stuhl hoch. »Danke, Peter. Hast was gut bei mir.«

KAPITEL VIERZEHN

»Wir haben es hier entweder mit einem Suizid oder einem fingierten Suizid zu tun, vorausgesetzt, jemand hat dort gehangen, wovon wir jetzt mal ausgehen. Nur ohne Leiche können wir das nicht feststellen. Wenn dort jemand gehangen hat, hat ihn jemand entfernt. Aber wer sollte das tun?«, fasst Merle noch mal alles grob zusammen.

»Erno Heinrichsen will die Leiche von Joost Nielsen als Erster entdeckt haben. Aber das wissen wir ja nicht. Theoretisch könnte ihn auch vorher schon jemand gesehen haben«, meinte Claude.

»Und dieser jemand würde keinen Alarm schlagen?«, sagte Gabriel. »Nein, das denke ich nicht. Ich kann mir schon vorstellen, dass Heinrichsen derjenige war, der ihn zuerst entdeckt hat. Dummerweise hat er seinem Bruder davon erzählt. Und der hätte für mich ein astreines Motiv, den Toten verschwinden zu lassen, nämlich damit die Feier seiner Tochter nicht ruiniert wird.«

»Fakt ist, wir brauchen die Leiche. Ohne kommen wir hier nicht weiter. Und wenn die laut Heinrichsen hier vor zwei Stunden noch gehangen hat, dann muss die hier irgendwo sein. Niemand schafft es bei den vielen Leuten, ungesehen eine Leiche von hier abzutransportieren. Unmöglich. Wir drehen jeden Stein um, wenn es sein muss zweimal.« Claude klappte ihren Koffer zu und klatschte in die Hände. »Worauf wartet ihr noch?«

Eine Stunde später hatten sie das gesamte Gebäude auf den Kopf gestellt und nichts gefunden. Sie hatten eine unscheinbare Tür zu einer Abstellkammer entdeckt, aber die Leiche war nicht aufgetaucht. Joost Nielsens lebloser Körper blieb wie vom Erdboden verschluckt.

Gabriel lief ununterbrochen den Gang auf und ab, zermarterte sich das Hirn. Er betrachtete den Balken aus allen Richtungen, überlegte fieberhaft, wie man hier am besten eine männliche Leiche verschwinden lassen konnte – noch dazu, ohne Spuren zu hinterlassen. Als er ein paar Schritte rückwärts machte, blieb er an dem dort ausgelegten Läufer hängen und wäre beinahe rücklings gestürzt, fing sich jedoch im letzten Augenblick.

»Na, pass mal besser auf, nicht dass du da noch runterfällst«, sagte Claude.

»Wo sollte ich denn runterfallen?«, fragte Gabriel.

»Na da.« Sie deutete auf eine Stelle, die der verrutschte Teppich zuvor noch bedeckt hatte.

»Oha. Ein Kohlenkeller?«, mutmaßte Merle.

»Ich denke eher ein Getränkelager. Meine Großeltern hatten früher eine Gaststätte, und da gab es auch eine solche Luke im Boden. Die Getränke wurden von außen über eine Rutsche oder Rollbahn dorthin transportiert.« Claude legte den Kopf schief. »Moment mal. Das ist es!«

Claude schob den Läufer beiseite, fasst in die kleine Aussparung im Boden und hob den Deckel an. Zum Vorschein kam eine schmale, hölzerne Treppe, die nach unten führte.

»Puh, ganz schön kalt da unten«, sagte Merle, als sie sich hinunterbeugte. Beim Hochkommen rieb sie sich über die fröstelnden Arme.

»Los, schnappt euch Taschenlampen oder schaltet die App eurer Handys ein.« Claude sah zu Gabriel. »Du nicht, dein Uraltteil kann das noch nicht. Hier, nimm die hier.« Sie reichte ihm eine Stabtaschenlampe.

Dann kletterten sie hintereinander die schmale Holztreppe hinab in die kalte Dunkelheit.

»Boah, das stinkt ganz schön hier. Fast wie in einer Brauerei«, sagte Merle, als sie wieder festen Boden unter den Füßen hatte und sah sich um. Der Untergrund war naturbelassen und verdichtet, Lehm oder so was in der Art, schätzte sie. Die Wände waren aus grobem Stein und überhaupt stand hier unten alles in starkem Kontrast zu dem Stockwerk, aus dem sie gekommen waren. Überall lag Unrat herum, ausrangierte Deko, sogar ein altes Pferdegeschirr lag dort. Und überall stapelten sich leere Getränkekisten.

»Kein Wunder, bei der Menge an leeren Getränkekisten«, sagte Claude. »Das müssen Hunderte sein.«

»Hier ist alles, aber keine Leiche«, sagte Merle, als sie von ihrem Rundgang zurückkehrte.

»Moment, nicht so voreilig«, bremste sie Claude aus. »Sieh mal, da hinten. Fällt dir das was auf?«

»Ja, da stehen Türme von übereinandergestapelten Kisten. Aber sonst?«

Claude richtete den Strahl ihrer Taschenlampe auf einen Stapel ganz hinten. »Sieh noch mal hin.«

»Was soll da sein?«, fragte Merle.

»Der Turm ist verschoben, steht leicht schräg im Gegensatz zu den anderen.« Claude ging zu dem Kistenturm und Gabriel und Merle folgten ihr. Zu dritt zogen sie den Stapel vorsichtig aus der Reihe, damit keine der Kisten herunterfiel oder der Turm in sich zusammenfiel.

Gabriel leuchtete mit der Stabtaschenlampe in die freigewordene Lücke. »Da hinten scheint ein Fischernetz oder etwas in der Art zu liegen. Wir müssen die beiden Stapel daneben auch noch vorziehen, damit ich mir das genauer ansehen kann.«

»Als Kind hab ich meinem Opa immer geholfen, die leeren Kisten zu stapeln. Wir haben da immer ein Spiel draus gemacht, wer den höchsten Turm stapeln konnte. Natürlich ohne Flaschen. Und ich habe immer gewonnen«, schwelgte Claude in Erinnerungen.

»Ja, weil er dich hat gewinnen lassen«, sagte Merle.

»Spielverderberin.« Claude streckte ihr die Zunge raus.

»Jetzt benehmt euch mal wieder und denkt daran, was wir hier zu tun haben«, erinnerte Gabriel sie an ihre eigentliche Aufgabe.

»Jaja, schon gut«, meckerte Merle gespielt.

Nachdem sie noch zwei weitere Stapel entfernt hatten, konnte Gabriel sich in die Lücke quetschen und hinter die Kistenstapel leuchten. »Hier ist was«, sagte er. »Helft mir mal.«

»Das ist kein Fischernetz«, stellte Claude fest, als sie an Gabriel vorbei leuchtete. »Wetten, dass das unser Hanfstrick ist?«

Fünf Minuten und einige Kraftanstrengungen später hatten die drei Joost Nielsens Leiche aus ihrem Versteck befreit.

»Wie es aussieht, hat Heinrichsen sich die Leiche doch nicht eingebildet«, murmelte Gabriel.

»Mist! Wir hätten die Leiche nicht bewegen sollen«, schimpfte Claude mehr mit sich selbst. »Die ursprüngliche Lage hätte uns vielleicht noch das ein oder andere verraten, aber im Prinzip ist es egal, denn wenn er vorhin oben gehangen hat, dann wurde er ja bereits bewegt. Insofern: geschenkt.«

Claude ging die Stufen nach oben, um ihren Koffer zu holen.

»Sollten wir ihn dazu nicht nach oben bringen?«, fragte Merle, als Claude wieder zurückkam.

»Um Gottes willen, bloß nicht. Am Ende brechen wir ihm noch ein paar Rippen. Ist zwar etwas eng und ziemlich kühl hier, aber es wird schon gehen.«

»Wer gibt Heinrichsen Bescheid, dass wir Nielsen gefunden haben?«, fragte Gabriel.

»Ich nicht«, kam es von Merle und Claude wie aus einem Mund.

»Natürlich bleiben die schönen Aufgaben wieder

an mir hängen.« Er zückte sein Nokia und betätigte die Taste mit dem grünen Hörersymbol, um die zuletzt angerufene Nummer zu wählen. Als er auf sein Display blickte, stellte er fest, dass er in dem Kellerloch keinen Empfang hatte. »Ich gehe mal eben nach oben und rufe ihn an. Bei dem Lärm draußen rechne ich mir allerdings keine großen Chancen aus, dass er das Klingeln hört.«

Erno Heinrichsen hatte gerade im Saal am Brauttisch Platz genommen, wo in der nächsten halben Stunde das Abendessen serviert werden würde, als sein Handy klingelte.

Swantje, die zusammen mit ihrem Mann Finn in der Mitte saß, funkelte ihn giftig an. »Kannst du die Arbeit nicht mal Arbeit sein lassen, Onkel Erno? Die läuft dir schon nicht davon, im Gegensatz zu deinem Patenkind.«

Erno seufzte, ließ sein Handy, wo es war, und stellte es auf lautlos, wofür er nur den seitlichen Schalter am Gerät betätigte. Dazu musste er es nicht mal herausholen. »Zufrieden?«

»Fürs Erste, ja«, sagte Swantje und grinste. »Du schuldest mir noch einen Walzer, vergiss das nicht.«

Auch das noch. Erno wurde allein beim Gedanken daran ganz anders. Discofox und irgendwelche unkontrollierten Bewegungen zu moderner Musik, damit hatte er keine Probleme, und wenn er sich die jungen Leute so anschaute, da konnte er ohne Weiteres mithalten. Er hielt sich selbst zwar für einen Körperklaus, denn mit Koordination hatte er es nicht wirklich, aber heute war er nur einer von vielen. Ein Walzer? Das war so gar nicht sein Fachgebiet. Swantje konnte ihre Fehltritte perfekt unter ihrem ausladenden Kleid verbergen, er hingegen würde zur Lachnummer. Er schwitzte jetzt schon Blut und Wasser, wenn er daran dachte, dass unzählige Leute mit ihren Handys seine Tanzeinlage filmten und hinterher auf YouTube oder TikTok hochluden. Plötzlich musste er wieder an Joost Nielsen denken, wie er mit starrem Blick an dem Balken gehangen hatte. *Was soll's,* dachte er sich. Man lebte schließlich nur einmal, und sein Patenkind würde vermutlich auch so schnell nicht noch mal heiraten – zumindest hoffte er das.

»Natürlich«, sagte er zähneknirschend. Im Vergleich zu seiner Entschuldigung, die längst überfällig war, wäre der Walzer das kleinere Übel. Erno war schon immer jemand gewesen, der unangenehme Dinge eher heute als morgen aus dem Weg schaffte, darum nutzte er die Zeit, bevor das Essen serviert werden würde, und bat Swantje um ein Vieraugengespräch. »Hast du einen Augenblick Zeit für deinen alten Onkel?«

»Na klar!« Swantje raffte ihr Kleid samt Unterrock zusammen und kam zu Erno gerauscht. »Lass uns schnell nach hinten gehen.«

»Da, schau mal!« Penny stieß Schoki einen Ellbogen in die Rippen.

»Aua!«, zischte sie. »Bist du verrückt?«

»Dort drüben!«

»Na und?« Schoki sah sie mit aufgerissenen Augen an. »Du willst doch nicht etwa …?«

»Komm mit!« Penny packte sie am Arm und zog sie mit sich.

»Bist du völlig verrückt geworden? Was ist, wenn man uns erwischt?«

»Das wird nicht passieren. Eine von uns beiden steht Schmiere.«

»Du hast vielleicht Nerven«, sagte Schoki und rollte mit den Augen.

An der Tür angekommen, deutete Penny Schoki mit einer Geste, an der Ecke stehen zu bleiben und aufzupassen, dass niemand kommt. Dann presste sie ein Ohr gegen die Tür und lauschte. Aufgrund des allgegenwärtigen Lärmpegels konnte sie nicht viel verstehen, aber ein paar Wortfetzen drangen dennoch zu ihr durch: *… das kannst du doch nicht machen … völlig verrückt! …*

Plötzlich ging die Tür auf und Erno Heinrichsen blickte sie überrascht an. »Frau Moreau, was machen Sie denn hier?«

Hinter ihm tauchte die Braut auf. »Frau Moreau? Onkelchen, jetzt wirst du aber wirklich alt. Das ist Antje Schmidt, die kümmert sich mit ihrer Kollegin darum, dass hier heute alles reibungslos läuft.« Sie sah zwischen ihrem Onkel und Penny hin und her. »Das tun Sie doch. Oder?«

»Natürlich tut sie das.« Erno schüttelte seinen Kopf. »Ich habe Sie mit einer Bekannten verwechselt. Es tut mir leid.« Er verließ den Nebenraum und ging zurück zu seinem Platz.

Penny atmete tief durch. *Das ist ja gerade noch mal gut gegangen.*

»Ich wollte gerade mit meiner Kollegin nach dem Rechten sehen und schauen, ob das Catering noch Unterstützung braucht. Brauchen Sie noch etwas, Frau Heinrichsen?«

»Frau Johansen seit heute.«

»Bitte?«, fragte Penny nach.

»Ich heiße seit heute Johansen.«

»Natürlich, tut mir leid. Ich war in Gedanken gerade woanders.«

KAPITEL FÜNFZEHN

»Er geht nicht ran.« Gabriel stieg die hölzernen Stufen, die unter seinem Gewicht bei jedem seiner Schritte knarzten, in den Naturkeller hinab.

Claude blickte kurz von ihrer Arbeit auf. »Dann wird Heinrichsen es eben später erfahren.«

»Kannst du schon was sagen?«, fragte er.

»Bisher deutet alles auf ein freiwilliges Ableben hin. Falls ihn nicht jemand mit einer Waffe bedroht und gezwungen hat, sich aufzuhängen.«

»Todesursache?«

»Tödliche Kompression des Halses durch ein vollständig um den Hals gelegtes Strangwerkzeug, verursacht durch den Zug des Eigengewichts des Körpers«, leierte Claude die Definition für Erhängen runter.

»Und Zeitpunkt?«, fragte Merle.

»Aufgrund der Körperkerntemperatur würde ich sagen, dass er sich gestern um etwa diese Zeit erhängt haben muss. Plus minus ein paar Stunden. Da er bereits über zwei Stunden hier unten in der Kälte liegt, kann ich das auf die Schnelle nicht genauer eingrenzen. Mit Sicherheit kann ich nur sagen, dass er sich nicht heute erhängt hat.«

»Sonst noch was, das uns weiterhelfen könnte?«, hakte Gabriel nach.

»Ich prüfe gerade die Zungenwurzel. Typischerweise wird die beim Erhängen gegen die hintere Rachenwand gedrückt und verlegt damit die Luftwege. Nielsen dürfte sofort bewusstlos gewesen sein, durch den Druck auf die Blutgefäße des Halses wurde der Blutkreislauf im Hirn verhindert. Auf den ersten Blick keine Anzeichen auf Fremdeinwirkung.«

»Aber kann der nicht schon vorher tot gewesen sein?«, fragte Merle. »Gerade bei Erhängten ist das doch immer so eine Sache.«

»Im Prinzip schon, ja. Ausschließen lässt sich das leider nie zu einhundert Prozent«, stimmte Claude ihr zu.

»Also könnte er auch umgebracht worden sein, und anschließend hat der Täter es wie einen Suizid aussehen lassen.«

»Ja, Gabe. Das ist in der Tat so.«

»Könnte er auch eines natürlichen Todes gestorben sein? Schließlich war er nicht mehr der Jüngste.«

»Klar, das wäre eine weitere Möglichkeit. Hier kann ich nicht viel mehr feststellen, dazu fehlen mir die Mittel und Werkzeuge. Aber meiner Meinung und Erfahrung nach war das ein Suizid.«

»Wer würde denn einen Verstorbenen aufhängen? Noch dazu hier? Das ergibt doch gar keinen Sinn.« Merle schüttelte ihren Kopf und rieb sich ihre Arme, die von einer leichten Gänsehaut überzogen waren.

»So vieles ergibt keinen Sinn, Merle. So gesehen ergibt kein Mord einen Sinn. Aber ganz ohne Mord und Totschlag wäre ich arbeitslos.« Claude grinste. »Ihr übrigens auch.«

»Und, gehörst du zur Braut oder zum Bräutigam?«, fragte Penny, während sie mit ihrem nächsten *Opfer* tanzte. Sie ging jetzt in die Offensive und horchte rigoros alle aus, die ihr bereitwillig Auskunft gaben.

»Bräutigam«, antwortete der junge Mann, der bereits ordentlich Schlagseite hatte.

»Cool, ich auch. Woher kennst du Finn?«

»Wir sind zusammen zur Schule gegangen und kennen uns schon ewig, aber dich hab ich noch nie gesehen. Du wärst mir bestimmt aufgefallen.«

Oh, flirtet der etwa mit mir? Penny löste die Handbremse und ging in die Vollen. Sie legte ihre Hände um seinen Hals und reduzierte ihren Abstand auf ein Minimum.

»Ich bin seine Cousine«, antwortete Penny.

»Komisch, ich wusste gar nicht, dass er eine hat.«

»Bin ja auch extra aus Amerika angereist«, spann Penny ihr Netz weiter.

»Aus Amerika? Woher denn?«

Man ist der neugierig, dachte Penny und überlegte fieberhaft, wie sie ihn in die gewünschte Richtung manövrieren könnte.

»Santa Fe«, sagte sie und nannte damit das Erstbeste, das ihr in den Sinn kam.

»Und, wie gefällt es dir hier bei uns?«, fragte ihr Gegenüber.

Penny verdrehte innerlich die Augen. War der Typ wirklich so blöd und hielt sie für eine waschechte Amerikanerin? Ihm musste doch auffallen, dass sie fließend Deutsch sprach. Oder bildete er sich etwa ein, er würde Englisch mit ihr sprechen? Sie entschied sich dafür, nicht näher darauf einzugehen und ihm stattdessen ein paar Informationen zu entlocken. Vorhin hatte sie den Hochzeitsfotografen entdeckt, aber der würde ihr vermutlich nicht so ohne Weiteres seine Kamera oder den Speicherchip überlassen. Heinrichsen hatte extra betont, dass sie unter dem Radar bleiben sollten, also musste sie versuchen, auf anderem Weg an Fotos zu kommen.

»Hast du heute zufällig Fotos gemacht?«, fragte sie.

»Na klar. Jede Menge sogar. Alle hier drauf«, sagte er und wedelte mit dem neuesten iPhone-Modell in der Luft herum. »Sind für meine Mutter, die konnte heute leider nicht mitkommen, weil sie vorige Woche einen Autounfall hatte.«

Penny wunderte sich immer wieder, wie bereitwillig Fremde einfach so Auskunft über private Dinge gaben. Dinge, die im Grunde niemanden etwas angingen. Heute spielte ihr dieser Fakt in die Karten.

»Oh, ich hoffe, es ist nicht Schlimmes?«, fragte sie.

»Nein, nur ein paar Kratzer. Sie hatte Glück im Unglück.«

»Wie sieht's aus? Hast du Lust, dass wir reingehen? Dort könnten wir uns bestimmt besser unterhalten«, schlug Penny vor.

»Klar, warum nicht.« Grinsend folgte er Penny in den Saal, wo sie sich in eine schwer einsehbare Ecke zurückzogen.

Wie beim Esel mit der Karotte, dachte Penny und schmunzelte.

»Zeig mal deine Fotos«, bat sie ihn dann, nachdem sie sich gesetzt hatten.

»Klar, Moment.« Er einsperrte sein iPhone mit dem PIN-Code, weil die Gesichtserkennung nicht auf Anhieb funktionierte, was vermutlich den schlechten Lichtverhältnissen geschuldet war. Dann reichte er ihr das Gerät.

»Wow, da sind echt tolle Bilder dabei. Wie heißt du eigentlich?«

»Jan, und du?«

»Ich bin Antje«, blieb Penny bei ihrem erfundenen Namen von vorhin. Nicht dass sie zuletzt noch durcheinanderkam.

Sie wischte sich durch die Fotogalerie und staunte nicht schlecht, als sie eine Luftaufnahme der gesamten Freifläche entdeckte. »Cool, wie hast du das denn gemacht?«, fragte sie und zeigte ihm das entsprechende Bild.

»Ach, das. Ich hab gestern eine Kamera an einem der Masten angebracht. Die kann ich mit dem Handy ansteuern. Außerdem hab ich die so eingestellt, dass sie jede Minute ein Bild macht und automatisch in den Fotostream lädt.«

Wer sagt's denn. Volltreffer. »Sind die Fotos alle hier drauf?«

»Einen Großteil hab ich schon von der Cloud heruntergeladen, ja.«

»Wo finde ich die?«, fragte Penny in der Hoffnung, nicht zu aufdringlich zu wirken.

Jan musterte sie aus zusammengekniffenen Augen. »Suchst du jemanden oder etwas Bestimmtes?«

»Nein, nein. Nur so. Ich liebe Aufnahmen aus der Luft. Die vermitteln irgendwie ein Gefühl von … Freiheit?« Etwas Dümmeres war ihr auf die Schnelle nicht eingefallen, und sie konnte nur hoffen, dass Jan den Köder schluckte.

»Ja, genau! Interessierst du dich auf für Luftaufnahmen? Ich habe eine Drohne. Das neueste Modell, eine Holy Stone.« Jans Augen begannen zu glänzen, als er von seiner Leidenschaft erzählte.

Penny tat es beinahe leid, dass sie ihm nicht zuhörte und die Informationen ungefiltert zum einen Ohr rein und zum anderen hinausließ, während sie sämtliche Fotos markierte und via AirDrop an ihr Handy schickte. Sie konnte nur hoffen, dass Jan es nicht merkte, bevor der Vorgang abgeschlossen war, aber der war so sehr in seine Erzählung vertieft, dass ihn vermutlich nicht mal ein Erdbeben aus der Ruhe bringen würde.

Nachdem die Übertragung gestartet war, wischte sie ein bisschen durch die Galerie, zoomte das ein oder andere Bild heran und murmelte an der ein oder anderen Stelle ein »Aha« und ein »Mhm«.

»… stehen?«, fragte er, doch sie hatte nur noch das letzte Wort gehört.

»Mhm, ja. Du, ich muss jetzt auch ganz dringend los. Danke dir!« Sie klopfte ihm kumpelhaft auf die Schulter, stand auf und sah zu, dass sie Land gewann.

Penny konnte sich nicht erinnern, wann sie einen Kerl zuletzt so viel über sich und seine Hobbys – oder seine Arbeit? – hatte erzählen hören. Sie fürchtete schon, er würde ihr für 5 Cent eine Bulette ans Ohr labern.

Draußen angekommen sah sie sich nach Schoki um, konnte sie aber nirgends entdecken. Die Freifläche leerte sich jetzt zusehends, denn in wenigen Minuten würde das Abendessen serviert werden.

»Klappe da unten«, sagte Penny und klopfte mit der flachen Hand auf ihren Bauch. Ihr Magen erinnerte sie lautstark daran, dass es schon eine Weile zurücklag, dass er zuletzt etwas zu tun hatte.

KAPITEL SECHZEHN

Schoki hatte sich einen Platz im Schatten an einem der vielen Stehtische gesucht und beobachtete aufmerksam das Treiben vor ihr.

Der DJ gab sich hinter seinem Pult sichtlich Mühe, den Tanz- und Feierwütigen ordentlich einzuheizen, und zappelte dabei herum wie Kermit auf LSD. Da entdeckte sie zwischen den tanzenden Penny, die am Hals eines ihr unbekannten Mannes hing. Schoki konnte nicht glauben, was sie da sah: Sie suchten nach Hinweisen darauf, wer einen Grund gehabt haben könnte, um eine Leiche verschwinden zu lassen, und Penny hatte nichts Besseres zu tun, als sich dem nächstbesten Kerl an den Hals zu werfen? Sie lachte ausgelassen und hatte sichtlich Spaß.

Schoki zückte ihr Smartphone, startete die Kamera-App und filmte die beiden. Sie war gespannt darauf, wie sie ihr das später erklären würde.

Gerade als sie ihr Handy wieder in ihrer Hosentasche verschwinden ließ, sah sie, wie Penny sich bei dem jungen Mann unterhakte und mit ihm in Richtung Saal verschwand. Das durfte doch wohl nicht wahr sein!

Penny und sie hatten zuvor beschlossen, sich zu trennen, um bessere Chancen zu haben, etwas Auffälliges zu entdecken und vielleicht den einen oder anderen Gesprächsfetzen aufzuschnappen. Aber weder im direkten Umfeld der Brautleute noch hier draußen war irgendetwas Brauchbares zu finden. Alle verhielten sich so, wie man es auf einer Hochzeitsfeier vermuten würde. Einzig Erno Heinrichsen kam ihr komisch vor. Vorhin hatte sie ihn zusammen mit seinem Bruder an einem Tisch erspäht. Zu gern hätte sie Mäuschen gespielt und die beiden belauscht, denn so hatte sie ihren Chef noch nie gesehen: klein, schwach, verletzlich. Angesichts der Tatsache, dass er einen Toten entdeckt haben will, den er obendrein gekannt hatte, vermutlich kein Wunder.

Etwas an seinem Verhalten kam ihr dennoch seltsam vor. Ihren Chef kannte sie als ruhigen, besonnenen Mann. Heute war er fahrig, er schwitzte – er war nicht er selbst. Er wirkte wie ein Kastenteufel und doch wieder nicht. Natürlich hatte er wie alle anderen Gäste ein bisschen was getrunken, aber er war keinesfalls betrunken, hatte weder Seegang noch lallte er. Sie schätzte ihn auch nicht so ein, dass er sich unbedacht betrank und damit Gefahr lief, sich zu Handlungen hinreißen zu lassen, die er im Nachhinein bereuen würde.

Plötzlich lief Erno Heinrichsen auf die Tanzfläche und zwängte sich durch die Tanzenden, die bereitwillig einen Kreis um ihn bildeten. Er breitete die

Arme aus und drehte sich um die eigene Achse, was so gar nicht zu Haddaways *What is Love*-Remix passen wollte. Sein Haar stand ihm wirr vom Kopf und er bewegte sich, als wäre er in einem völlig anderen Film, in einer Parallelwelt, zu der nur er Zugang hatte.

Und da fiel es Schoki wie Schuppen von den Augen. *Natürlich!* Wie hatte sie nur so blind sein können? Ausgerechnet heute war sie schon einmal damit konfrontiert worden, wenn auch nur in Gedanken, als sie ihr immer wiederkehrender Albtraum aufsuchte, während sie in dem Bunker gewesen waren.

Sie beschloss, noch eine Weile zu warten und überlegte währenddessen, was sie als Nächstes tun sollte. Penny konnte sie nicht ins Boot holen, die war nicht da und anderweitig beschäftigt, was Schoki wurmte. Sie hätte ihr wenigstens Bescheid geben können.

Fünfzehn Minuten später ging Schoki in das Nebengebäude, wo Gabriel, Merle und Claude nach Spuren zum Verbleib des angeblich Erhängten suchten, den Heinrichsen gesehen haben will. Kaum hatte Gabe die Tür hinter ihr geschlossen, klopfte es auch schon wieder.

»Nielsen kann vorerst hier unten bleiben«, sagte Claude zu Merle und beantwortete damit ihre ungestellte Frage zum Abtransport der Leiche. »Hier ist es genauso kühl wie in den Kühlfächern der Pathologie. Und Heinrichsen meinte, dass wir kein Aufsehen erregen sollten.« Sie zuckte mit den Schultern. »Ich für meinen Teil wäre dann hier fertig.«

»Irgendwas stört mich an dem Fall«, überlegte Merle laut.

»So? Was denn?«

»Angenommen, Joost Nielsen hat sich *freiwillig* erhängt: Warum haben wir dann keinen Abschiedsbrief oder irgendeinen anderen Hinweis gefunden?« Merle, die neben Claude in die Hocke gegangen war, stand auf und ging ein paar Schritte zurück. »Ist es bei Suizidalen–«

»Suizidenten«, korrigierte Claude sie.

»Danke.« Merle rollte mit den Augen. »Du weißt, was ich meine. Ist es bei *Suizidenten* nicht so, dass die in der Regel einen Abschiedsbrief, ein paar letzte Zeilen hinterlassen. Irgendwas, das ihr Ausscheiden aus dem Spiel des Lebens erklärt?«

»Ja, beim *Tatort* vielleicht. Die Drehbuchautoren und Regisseure wollen das die Leute glauben machen. Leider sieht es in der Realität anders aus.«

»Na ja, ich meine das Verfassen seiner letzten Worte ist natürlich auch eine Art Statement.« Merle überlegte und lenkte den Strahl ihrer Handytaschenlampe über den Toten.

»Was schätzt du denn, wie hoch die Zahl der *Abschiedsbriefhinterlasser* ist?«, fragte Claude Merle und blickte zu ihr auf.

Merle zuckte mit den Schultern. »Keine Ahnung. 75 bis 80 Prozent vielleicht?«

»Ja, das wäre schön. Tatsächlich hinterlässt nur etwa jeder Dritte, der sich das Leben nimmt, eine Nachricht an die Hinterbliebenen.«

»Oh, das sind aber nicht gerade viele.«

»Du sagst es. Ein Abschiedsbrief vereinfacht

natürlich vieles. Wenn ein solches Dokument fehlt, stochern wir im Dunkeln, aber meist gelingt es uns, Licht ins Dunkel zu bringen.« Claude stand auf und ging zu Merle. »Komm, lass uns zu Gabe gehen und mit ihm abstimmen, was wir als Nächstes tun sollen.«

»Warte noch kurz«, bat Merle sie.

»Okay …« Claude sah Merle in die Augen. Sie kannte diesen Blick von sich selbst und gab ihr die Zeit.

»Fiete! Noch einen Aquavit.« Jupp knallte das leere Glas auf den Tresen und winkte den Wirt heran.

»Meinst du nicht, dass du schon genug hattest?« Hannes legte seine Hand auf seinen Arm, die Jupp sofort abschüttelte.

»Fass mich nicht an«, zischte dieser. »Bist du schu…schuwul oder was?«

Hannes zog seine Hand zurück und schüttelte den Kopf. So kannte er seinen Arbeitskollegen nicht.

»Deinetwegen sitzen wir jetzt in der Scheiße«, nuschelte Jupp und sah ihn aus rotgeränderten Augen an.

»Moment mal, was heißt hier *wir* und *meinetwegen*?«

»Erst kommst du zu spät, dann finde ich dich nicht und gehe dich suchen …«

»Ja, weil ich eine Sitzung hatte, wie du weißt.«

Fiete stellte den bestellten Aquavit vor Jupp ab. »Ist aber der Letzte für heute.« Er nahm den Deckel, um dessen Rand bereits an ansehnlicher Zaun verlief.

»Heute zahlst du deinen Deckel, ich schreibe nichts mehr an.«

»Jaja, schon gut.« Jupp fischte in der Gesäßtasche des Overalls nach seiner Geldbörse und knallte sie auf den Tresen. »Heute ist Zahltag, was?« Er setzte ein gruseliges Grinsen auf und sah zu Hannes hinüber, dem bei seinem Anblick mulmig wurde. Jupp zog einen Fünfzigeuroschein aus dem Scheinfach und knallte ihn auf die Theke. »Stimmt so.«

»Nicht ganz«, korrigierte ihn Fiete. »Da fehlen noch fünfzehn.«

»Hier hast du zwanzig, dafür hab ich nächstes Mal einen gut.« Er rutschte vom Hocker, blieb mit dem Bein an der Fußstütze hängen und konnte sich gerade noch fangen. »Worauf wartest du noch?«, fragte er und zog Hannes am Arm.

»Lass es uns hinter uns bringen. Ich fahre!«

»Besser wäre es, du lässt das bleiben«, mischte sich Fiete ein.

»Ach, der Herr Wirt weiß plötzlich, was das Beste für mich ist?« Jupp lachte. »Gar nichts weißt du!«

»Jupp! Reiß dich zusammen! Was ist nur los mit dir?«, versuchte Hannes ihn zur Vernunft zu bringen.

»Was mit mir los ist? Ich bin ab heute arbeitslos, das ist los. Man hat mir den Bus geklaut, schon vergessen? Ich habe entgegen den Vorschriften den Kontrollraum verlassen. Unsere Spieler sind spurlos verschwunden. Mein Schlüsselbund ist weg. Brauchst du noch mehr?«

Jupp stolperte aus der Kneipe, und Hannes folgte ihm. In seinem Zustand konnten sie unmöglich bei ihrem Chef auftauchen. Er musste dafür sorgen, dass

Jupp wieder klar im Kopf wurde. Eine Stunde Schlaf und er wäre wieder ganz der Alte.

Hannes verfrachtete Jupp auf den Beifahrersitz des Corsas, schnallte ihn an und fuhr mit ihm ziellos umher. Es dauerte nicht lange, bis Jupp einschlief und neben ihm schnarchte.

»Und? Hat er dir schon was verraten?«, fragte Claude, nachdem sie eine Weile schweigend nebeneinandergestanden waren.

»Nein.« Merle schüttelte den Kopf.

»Ich rede oft mit ihnen, weißt du?«

Merle sah sie aus großen Augen an. »Was meinst du?«

Claude nickte in Richtung der Leiche. »Mit den Toten.«

»Mhm.« Merle hatte keine Ahnung, wie sie sonst darauf hätte reagieren sollen. Sie wusste, dass Claude ein wenig seltsam war und sie mit Toten grundsätzlich besser zurechtkam als mit den Lebenden. Aber mit ihnen sprechen?

»Sie verraten einem so gut wie alles, ohne dass man Fragen stellen muss. Und das Beste daran ist, du kannst ihnen alles erzählen, die verraten kein Wort. Schweigen wie ein Grab.«

Merle grinste. »Fünf Euro in die Wortspielkasse.«

»In die, die wir offiziell noch gar nicht haben?«

»Genau die!«

»Jetzt mal im Ernst, Merle: Fürchtest du dich vor dem Tod?«, fragte Claude, während sie den Sitz ihrer

Brille korrigierte und Nielsen wie ein Rätsel betrachtete, das es zu lösen galt.

»Ob ich Angst vor dem Tod habe? Mhm, um ehrlich zu sein, habe ich mir darüber noch keine großen Gedanken gemacht«, sagte Merle.

»Das Leben ist schneller vorbei, als man denkt. In der einen Minute bist du am Feiern und in der nächsten fällst du in die Kiste.«

»So gesehen hast du recht. Klar kann es schnell gehen, wir haben ja auch nicht gerade einen ungefährlichen Job. Wir stehen immer irgendwie in der Schusslinie – ob wir wollen oder nicht. Aber wenn ich mir ständig darüber den Kopf zerbrechen würde, hätte ich keinen Spaß mehr daran. Ich liebe meine Arbeit. Sie erfüllt mich mit Zufriedenheit, sorgt dafür, dass ich nachts ruhig schlafen kann, weil ich weiß, dass ich dazu beitrage, die Welt ein kleines bisschen besser zu machen, sicherer. Weißt du, was ich meine?«

Claude nickte. »Natürlich weiß ich das.«

»Claude?«

»Ja?«

»Sieh mal, da.« Merle lenkte den Lichtstrahl auf eine von Joost Nielsens Schuhsohlen.

»Was soll da sein?«, fragte Claude.

Sie gingen beide in die Hocke.

»Hier steht die Sohle ab.« Merle deutete auf die Stelle.

»Ja, das ist mir vorhin auch schon aufgefallen. Muss passiert sein, als wir ihn von hinter den Kisten vorgezogen haben.«

»Das glaube ich nicht«, sagte Merle und bog die lockere Schuhsohle ein wenig weiter auf. »Na wer sagt's denn? So viel zu deiner Theorie, dass nur jeder Dritte einen Abschiedsbrief hinterlässt.« Merle zog ein Stück zusammengefaltetes Papier zwischen Schuh und Sohle hervor.

»Wollen wir hoffen, dass wir Nielsen damit sein Geheimnis entlocken können«, sagte Claude.

Nachdem sie den Zettel eingetütet hatten, machten sie sich auf den Weg zurück nach oben, um Gabriel ihre Entdeckung zu zeigen.

Auf halbem Weg hinauf drehte sich Claude zu Merle um. »War schön mit dir zu arbeiten. Ich meine allein, ganz ohne die anderen.«

»Ja, finde ich auch«, stimmte Merle ihr zu.

»Aber irgendwie vermisse ich sie jetzt auch.« Claude lachte und wunderte sich über ihre eigenen Worte.

KAPITEL SIEBZEHN

»Ach, da bist du ja«, sagte Penny, nachdem Gabriel sie eingelassen und sie Schoki entdeckt hatte.

Die saß auf einem der Tische und tippte auf ihrem Handy herum. »Während du mit dem Typ am Anbandeln warst, habe ich …«

»Moment mal«, unterbrach Penny sie. »Ich hab nicht mit dem angebandelt, nicht mal ansatzweise.«

»Das sah aber vorhin ganz anders aus«, sagte Schoki und hielt ihr eine Aufnahme vor die Nase, die sie eng umschlungen tanzend mit Jan zeigte.

»Du solltest nicht mich fotografieren, sondern Hinweise sammeln. Spinnst du? Lösch das sofort!« Penny wollte nach dem Handy greifen, doch Schoki hatte es schon wieder zurückgezogen.

»Was streitet ihr beiden denn rum?«, ging Gabriel dazwischen.

»Penny hat sich amüsiert, während ich …«, setzte Schoki an.

»Gar nicht wahr!«, empörte sich Penny. Und dann

ließ sie die Bombe platzen. »Ich habe Beweise gesammelt. Hunderte Beweise, um genau zu sein.«

»Aha. Die da wären?« Schoki sah lauernd an.

»Hier.« Penny holte ihr Handy aus der Tasche, öffnete den Download-Ordner und reichte das Gerät an Schoki weiter, deren Augen immer größer wurden.

»Ich nehme alles zurück«, murmelte sie, während sie durch das Bildmaterial scrollte. »So eine Raffinesse hätte ich dir gar nicht zugetraut.«

»Ich lerne von den Besten«, sagte Penny und zwinkerte Schoki zu. »Wo sind denn Merle und Claude?«, fragte sie an Gabriel gewandt, als ihr auffiel, dass die beiden nicht da waren.

»Die sind bei Joost Nielsen.«

»Ihr habt ihn gefunden?«

»Wenn ihr nicht so herumgezickt hättet, hätte ich es euch längst gesagt. Seine Leiche lag unten im Kellergewölbe hinter etlichen Stapeln leerer Getränkekisten.«

»Dann hing der da tatsächlich? Schade eigentlich.« Penny hatte der Gedanke, der betrunkene Heinrichsen hätte sich eine von der Decke baumelnde Leiche nur eingebildet, irgendwie gefallen. »Und, hat Claude schon was rausgefunden?«

»Ja und nein. Allem Anschein nach hat sich Joost Nielsen gestern gegen Abend erhängt. Es steht die Möglichkeit im Raum, er könnte dazu gezwungen worden sein, etwa indem man ihn mit einer Waffe bedrohte.«

Penny überlegte. »Du glaubst nicht daran, oder?«

»Was ich glaube oder nicht, spielt keine Rolle. Wir

müssen uns an die Fakten halten, aber davon haben wir bisher nicht viel. »

»Das würde ich so nicht sagen«, sagte Schoki, die immer noch Pennys Handy in der Hand hielt. »Nur dauert es eine Weile, bis ich die Aufnahmen gesichtet und geordnet habe. Eines kann ich euch aber schon mal verraten. Noch bevor Erno sich hierher aufs Klo verirrt hat, waren mindestens zwei weitere Personen hier drin.«

Gabriel stellte sich neben Schoki und starrte aufs Display, dann sah er Penny an. »Wie zum Teufel bist du denn da drangekommen?«

»Das bleibt mein Geheimnis. Frag doch Schoki, die hat mich schließlich dabei beobachtet«, sagte sie und grinste.

»Unglaublich. Das sind hochauflösende Luftaufnahmen. Man kann sogar die Gesichter erkennen.« Gabriel nickte ihr anerkennend zu. »Respekt!« An Schoki gewandt fragte er: »Hast du schon jemanden identifiziert?«

»Ja. Einer der beiden müsste Finn sein.«

»Der Bräutigam?« Gabriel schaute sie ungläubig an. »Zeig mir mal das Foto.«

Tatsächlich war auf dem Bild Finn zu erkennen, daran gab es keinen Zweifel. Der Zeitstempel der Aufnahme verriet, dass zwischen dem Betreten und Verlassen des Gebäudes knapp dreißig Minuten vergangen waren.

»Was zum Teufel hat der so lang da drin gemacht?«, fragte Gabriel.

»Das lässt sich ganz einfach herausfinden. Wir fragen ihn«, schlug Schoki vor.

»Genau, auffälliger geht's ja wohl kaum. *Finn, wo warst du zwischen 11:04 und 11:34 Uhr?*« Penny schüttelte ihren Kopf, dass ihr Zopf hin und her flog. »Es müsste jemand sein, dem er vertraut, und wir müssen das Ganze ein wenig subtiler angehen.«

»Was wollt ihr subtiler angehen?«, fragte Claude, die mit Merle zu ihnen stieß.

Gabriel, Penny und Schoki drehten sich zu ihnen um.

»Es gibt jede Menge Neuigkeiten«, erklärte Gabriel und setzte die beiden ins Bild.

»Wir haben hier auch was«, sagte Claude und wedelte mit einem Beutel in der Luft herum.

»Was ist das?«, fragte Gabriel.

»Lasst es uns herausfinden.« Claude öffnete den Beutel, holte den Zettel heraus und entfaltete ihn. *»Diesmal kriegst du mich nicht dran«,* las sie vor.

»Geht's etwas konkreter? Steht sonst noch was drauf?«

»Leider nein.«

Gabriel setzte Merle und Claude über Pennys Aktion ins Bild.

»Na zumindest haben wir jetzt was, womit wir arbeiten können.« Claude nickte nachdenklich. »Denkt ihr, dass Finn etwas damit zu tun haben könnte?«

»Vielleicht hat er sich vergewissert, dass Nielsen noch hängt?«

»Das kann ich mir nicht vorstellen, Schoki«, meinte Penny. »Wozu sollte das gut sein?«

»Na ja, vielleicht wollte Finn, dass Erno Heinrichsen ihn findet?«, führte Schoki ihren Gedanken weiter aus. Es erschien ihr zwar nicht unbedingt logisch, aber sie mussten schließlich in sämtliche Richtungen denken, und das bedeutete, dass sie keine Möglichkeit auslassen durften. »Auf dem Foto, das ihn zeigt, wie er das Gebäude verlässt, erkennt man sogar, wie er sich mit der Hand über die Stirn wischt. Wenn ihr mich fragt, dann spricht das eindeutig dafür, dass er sich Schweiß von der Stirn gewischt hat, was wiederum ein Anzeichen großer Anspannung und Nervosität ist.«

»Stopp, Mädels«, unterbrach sie Gabriel. »Viel interessanter wäre es doch, zu wissen, wer nach Heinrichsen das Gebäude betreten hat, oder? Jemand muss die Leiche schließlich haben verschwinden lassen. Von allein ist die wohl kaum in den Keller und hinter die Kisten gekommen.«

Schoki scrollte die Aufnahmen durch, bis sie bei denen angelangt war, die die Brüder Heinrichsen zeigten, wie sie die Tür absperrten. Sie zoomte das Bild heran und vergewisserte sich, dass es auch tatsächlich die beiden waren.

»Da gibt's keinen Zweifel. Das sind Heinrichsen und sein Bruder«, sagte Merle.

»Von dem Zeitpunkt an müssen wir alle Dateien durchgehen. Laut Zeitstempel wurden die Fotos im Minutentakt gemacht, was bedeutet, dass wir Pech haben könnten und derjenige, der Joost im Keller deponiert hat, ein Zeitfenster genutzt haben könnte, das von den Aufnahmen nicht abgedeckt wurde.«

»Die Wahrscheinlichkeit ist sogar sehr hoch. Da die Tür nicht aufgebrochen wurde, muss es jemand gewesen sein, der einen Schlüssel hat. Oder derjenige hat einen anderen Eingang benutzt. Die Getränkerampe auf der Rückseite zum Beispiel«, überlegte Penny.

»Nein, das kann nicht sein«, sagte Claude. »Wenn er zur Getränkerampe rein ist, dann würde er die vermutlich auch benutzen, um abzuhauen. Aber dann wäre der Teppich nicht ordentlich im Flur über der Bodenklappe gelegen. Das geht nur, wenn er durch die Tür verschwindet. Das heißt, wir müssen schauen, wann jemand das Gebäude durch die Tür betritt oder herauskommt, ohne es vorher durch die Tür betreten zu haben.«

»Na los, worauf warten wir noch?« Merle beugte sich über das Handy, und alle anderen folgten ihrem Beispiel. Ein seltsames Gefühl überkam sie, wie eine Vorahnung, dass sie gleich etwas zu sehen bekommen würde, dass sie besser nicht sah.

Zu fünft starrten sie auf den Bildschirm von Pennys Smartphone, während Schoki Aufnahme um Aufnahme weiterscrollte.

Plötzlich wurde der Bildschirm schwarz.

»Fuck!«, fluchte Penny. »Der Akku …«

»Hat jemand ein Ladekabel dabei?«, fragte Gabriel in die Runde.

»Ich hab in meinem Koffer USB-C und Micro-USB Typ A und B, aber keines für das Ding da«, sagte Claude und rümpfte die Nase. »Wird höchste Zeit, dass es endlich einheitliche Ladebuchsen gibt.«

Penny fiel Jan ein, der ebenfalls ein iPhone hatte. Der hätte bestimmt sein Ladekabel mit, aber sie hatte keine Lust darauf, sich wieder von ihm volllabern zu lassen.

»Ist dein Fotostream mit der iCloud verbunden?«, fragte Schoki.

»Ja, ich glaube schon, warum?«

»Mit etwas Glück sind die Bilder, die wir brauchen in der Cloud. Du kannst dich mit deinen Zugangsdaten von meinem Handy aus einloggen.« Schoki entsperrte ihr Gerät, öffnete den Chrome-Browser und reichte es Penny, die sie fragend anstarrte. Schoki kannte diesen Blick. »Du loggst dich mit deiner Apple-ID und dem zugehörigen Passwort bei iCloud an.«

Penny fiel sichtlich ein Stein vom Herzen. »Okay. Das bekomme ich hin.« Sie gab ihre Daten in die Anmeldemaske ein und gelangte tatsächlich auf die Startseite ihres iCloud-Accounts. Dort tippte sie auf das Symbol für die Fotos-App und gab Schoki ihr Gerät zurück. Gedanklich machte sie sich eine Notiz, fürs nächste Mal eine geladene Powerbank mitzunehmen.

»Es sind bereits welche hochgeladen. Puh, zum Glück. Bei den meisten ist der mobile Stream wegen der mobilen Daten deaktiviert. Bleibt nur zu hoffen, dass die richtigen Bilder dabei sind, sonst musst du Jan noch mal bezirzen.« Schoki grinste.

»Haha. Ich weiß schon, wer den Schaden hat …«, murmelte Penny. »Aber das hätte genauso gut jedem von euch passieren können. Vermutlich hat das Empfangen der Fotos so viel Akku gefressen.«

»Spielt keine Rolle, ich hab die Bilder«, sagte Schoki und scrollte sich durch die Galerie. Da die Bilder auf einem externen Speicher lagen, dauerte es eine Weile, bis diese vollständig geladen und angezeigt wurden. Es vergingen einige Minuten, während derer sie durch zig Aufnahmen blätterte, aber es war nichts Auffälliges dabei. Niemand war auch nur in der Nähe der Tür zu sehen.

»Laut Zeitstempel sind es nur noch etwa zwanzig Minuten, bis wir auftauchen. Wir müssen etwas übersehen haben.« Claude kaute auf ihrer Unterlippe herum.

»Da! Jemand sperrt die Tür auf!«, rief Schoki aufgeregt.

»Das gibt's doch nicht …«, sagte Gabriel und konnte nicht glauben, wen er da sah. »Das kann nicht sein. Zoom mal näher ran.«

KAPITEL ACHTZEHN

»Was machen wir jetzt?« Merle sah in die entsetzten Gesichter von Gabe und ihren Kolleginnen.

»Ihr wisst, was das bedeutet, oder?«, sagte Claude niedergeschlagen. »Das war's dann wohl.«

»Moment mal, nur weil er hineingeht, heißt das ja nicht, dass er Joost Nielsens Leiche in den Keller verfrachtet hat«, warf Gabriel ein. »Wir müssen uns an die Fakten halten. Blätter mal weiter Schoki.«

»Da ist er wieder. Er kommt raus!« Erleichtert atmete Schoki aus, die während des Weiterscrollens die Luft angehalten hatte.

»Vergleich mal die Zeitstempel.« Gabriel trommelte nervös mit den Fingern auf die Tischplatte.

»Moment, ich gehe zurück. Er ist um … 13:06 rein und um … Moment, ich muss wieder vor … 13:08 wieder raus«, sagt Schoki.

»Dann kann er es nicht gewesen sein!« Gabriel schlug mit der Faust auf den Tisch, und zeitgleich fiel ihm ein riesiger Stein vom Herzen.

Ihr Verdacht, Erno Heinrichsen selbst hätte Joost Nielsens Leiche beiseitegeschafft, hat sich nicht bestätigt.

»Aber wer war es dann?«, fragte Merle.

»Moment, es geht ja noch weiter. Ein paar Bilder haben wir noch.« Schoki scrollte Bild um Bild und Minute um Minute vorwärts. »Da!«

Gabriel kniff die Augen zusammen. »Mach mal größer, bitte.«

»Das ist doch …«, weiter kam Claude nicht.

»Peter Heinrichsen«, beendete Penny ihren Satz. »Schau mal, ob und wann er wieder herauskommt.«

»Das könnte ein Problem werden«, sagte Schoki.

»Warum?«

»Der Stream ist hier zu Ende.«

»Verdammt. Wir brauchen ein Ladekabel für Pennys Handy, und zwar schnell.« Gabriel hatte eine Idee, löste den Gurt seiner Bauchtasche und reichte sie Penny. »Hier, schnalle sie dir um und gehe rüber in den Saal.« An Claude gewandt sagte er: »Hol bitte ein Kabel aus deinem Koffer und zeig es Blablaquatschi. Den Rest erledigt der Knirps.«

»Wäre es nicht einfacher, nach einem Kabel zu fragen?«, schlug Merle vor.

»Wer von uns sollte das denn machen? Penny, du hast deinen Standpunkt klargemacht, dass du Jan nicht fragen willst, der Rest von uns ist offiziell gar nicht hier. Lasst BBQ auch ein bisschen Spaß.«

»Ich weiß nicht …«, sagte Penny skeptisch.

»Wenn *dein* Jan ein Ladekabel dabeihat, dann wird er es vermutlich entweder im Saal oder in seiner Jacke an der Garderobe haben. Vertrau mir einfach. In weniger als fünf Minuten hängt dein Gerät am Strom.« Gabriel wackelte mit den Augenbrauen. »Wollen wir wetten?«

»Nee, lass mal. Darin war ich noch nie gut.« Penny nahm die Tasche von Gabriel entgegen, stellte den Gurt enger und schnallte sie sich um. Dann öffnete sie den Reißverschluss und ließ das verschlafen dreinschauende Fellknäuel an der Kabelauswahl schnuppern, die Claude ihm hinstreckte. »Vermutlich frisst er das Kabel ohnehin an, sodass es hinterher nicht mehr zu gebrauchen ist.«

»Jetzt mal doch nicht immer gleich so schwarz, Penny. Auch Frettchen haben Gefühle!« Gabriel lachte.

»Ja, in deinen Träumen vielleicht«, murmelte sie.

»Das hab ich gehört!«, rief ihr Gabriel nach, doch sie war schon durch die Tür geschlüpft und in Richtung Saal unterwegs.

Der Platz war völlig leer. *Typisch,* dachte Penny. *Wenn's ums Essen geht, dann sind alle pünktlich.* Etwas zu essen wäre jetzt wirklich nicht schlecht, denn sie hatte seit dem Frühstück nichts mehr gegessen, und selbst das war mit einer halben Brezel vom Vortag eher mager ausgefallen. Aber für mehr hatte sie heute Morgen keine Zeit gehabt.

Sie betrat den Saal und wandte sich nach rechts, wo sie vorhin die Garderobe entdeckt hatte. Augenblicklich umfing sie der Geschmack aus einer Mischung von Braten und Fisch. Sie musste sich zwingen, weiterzugehen und den Leuten nicht auf die Teller zu starren.

Hinter den mit Jacken und Taschen behängten Ständern ging sie in die Hocke und entließ Blablaquatschi in die Freiheit. »Ich warte hier auf dich«, flüsterte sie.

Der kleine Wirbelwind gurrte wie eine Taube und machte sich auf den Weg. Er schlängelte sich zwischen Westen, Jacken und allerlei anderem Zeug hindurch, wand sich rauf und runter, flitzte hin und her, schlüpfte in Ärmel und kroch aus Krägen wieder heraus – und dann war er verschwunden.

Penny wartete noch eine Weile, aber BBQ tauchte nicht auf.

Sie packte die Tasche und wollte gerade aufstehen, als sie etwas Kleines, Hartes darin spürte. *Die Box mit dem Ingwer!,* fiel es ihr ein, und sie holte das Döschen heraus und öffnete es. Kaum hatte sie den Deckel abgemacht, da kam BBQ auch schon angerauscht. Er ließ das Kabel fallen und stürzte sich kopfüber in die Box, die ihm Penny hinhielt und ihr aus der Hand fiel.

Nachdem Penny das Kabel aufgehoben und sich aufgerichtet hatte, wandte sie sich um und wollte BBQ wieder in die Tasche packen, doch etwas oder vielmehr jemand versperrte ihr den Weg.

»Frau Schmidt, was machen Sie denn hier? Wollten Sie nicht beim Catering helfen?« Swantje sah sie stirnrunzelnd an.

»Ja, natürlich. Das Catering. Es ist nur so, dass …«

»… hier eine Maus herumläuft«, kam ihr Erno Heinrichsen zu Hilfe. »Ich habe Frau Schmidt gebeten, eine Falle zu organisieren und aufzustellen.«

Swantjes Blick wanderte zwischen ihrem Onkel und Penny aka Antje Schmidt hin und her. »Eine Maus? Um Gottes willen, wenn das jemand mitbekommt. Sorgen Sie bitte dafür, dass das Vieh von hier verschwindet. Und zwar möglichst so, dass es keiner merkt.« Sie rauschte mit ihrem Kleid in Richtung ihres Tisches davon, wo sie Finn etwas ins Ohr flüsterte.

»Ich hoffe für Sie, dass sie Behrens' Vieh im Griff haben. Herrgott noch mal, wie oft hab ich ihm schon gesagt, dass er es gefälligst zu Hause lassen soll.« Heinrichsen wandte sich kopfschüttelnd ab und verschwand so schnell, wie er aufgetaucht war.

Penny ging in die Hocke, um Blablaquatschi wieder in die Tasche zu lassen, aber der war spurlos verschwunden. *So ein Mist!*, fluchte sie gedanklich und kehrte mit dem Ladekabel in der einen und der Tasche in der anderen Hand zu ihrem Team zurück. Sie klopfte an die Tür, und Gabriel ließ sie hinein.

»Sorry, aber Blablaquatschi ist … hier?« Penny stemmte ihre Hände in die Hüften. »So ein mieser Verräter!«

»Wie ich sehe, hast du das Kabel«, sagte Gabriel. »Los, anstecken.«

»Hat jemand zufällig einen Stecker dabei?«

»Das ist jetzt nicht dein Ernst, oder?« Claude rollte mit den Augen. »Davon war nie die Rede. Aber ihr könnt von Glück sagen, dass ich so gut ausgerüstet bin.«

Penny suchte nach einer Steckdose, stöpselte das Kabel an und ging zurück zu den anderen. »Jetzt heißt es warten.«

»Ich hole Heinrichsen«, sagte Gabriel. »Ich bin mir

sicher, er ist der Schlüssel dazu. Außerdem könnte er Finn diskret zu dessen Ausflug ins Nebengebäude befragen, immerhin ist er der Patenonkel von Swantje. Lasst euch schon mal was einfallen, ich bin gleich zurück.«

KAPITEL NEUNZEHN

»Herrgott noch mal, Behrens. Kann man denn nicht mal in Ruhe essen?«

Gabriel betrachtete seinen Chef stirnrunzelnd. Der Tisch war abgeräumt und als er sich umsah, sah er vereinzelt Gäste, die damit beschäftigt waren, ihre Dessertschälchen auszulöffeln. Alles deutete darauf hin, dass die Nachspeise bereits serviert worden war.

»Könnten Sie bitte kurz mitkommen?«, fragte er ihn und fing sich neugierige Blicke vom Brautpaar, das ein paar Stühle weiter saß, ein.

»Kann das nicht warten?«, zischte Heinrichsen.

»Ich wäre nicht hier, wenn es nicht wichtig wäre.«

»Na gut«, brummte Heinrichsen. »Und ihr rührt meinen Teller nicht an, verstanden?« Er deutete auf die leere Stelle auf dem Tisch vor ihm und stand auf.

»Könnten Sie mir mal sagen, was das soll?«, fragte Heinrichsen, als sie das Nebengebäude betraten. »Und nehmen Sie auf der Stelle die Kanalratte vom Tisch!«

Gabriel fing Blablaquatschi ein und verstaute ihn in der Bauchtasche, aus deren leicht offen stehendem Reißverschluss zwei schwarze Knopfaugen blickten, um nur ja nichts zu verpassen.

»Eins nach dem anderen«, sagte Claude und hielt ihm einen Plastikbecher hin. »Wenn Sie so nett wären.« Sie deutete auf die Tür zur Herrentoilette.

Heinrichsen sah sie fragend an. »Sind Sie noch ganz bei Trost? Was soll das?«

Auch Gabriel legte die Stirn in Falten, doch Claude gab ihm mit einer Geste zu verstehen, dass er jetzt nichts sagen sollte.

»Herr Heinrichsen, wir vermuten, dass Ihnen jemand Drogen untergejubelt hat. Das würde ich gern testen.«

»Jemand soll mir Drogen verabreicht haben? Jetzt wird's ja immer schöner hier!« Heinrichsen wandte sich zum Gehen. »Und dafür haben Sie mich vom Essen weggeholt?«

Gabriel hatte eine Idee. »Überlegen Sie doch mal. Das würde die verschwundene Leiche erklären.«

»Mhm«, brummte Heinrichsen. »Geben Sie schon her.« Dann verschwand er in der Toilette.

»Bist du verrückt«, zischte Merle. »Hast du ihm noch gar nicht gesagt, dass wir die Leiche gefunden haben?«

»Glaubst du, er hätte sonst dem Test zugestimmt?«, fragte Gabriel.

»Vermutlich nicht«, antwortete Merle kleinlaut. »Aber wir müssen es ihm sagen.«

»Ja, aber erst, nachdem wir ihn getestet haben.«

Heinrichsen kam mit dem Becher in der Hand aus der Herrentoilette und reichte ihn Claude. »Gleich werden Sie feststellen, dass Sie sich irren.«

Claude entnahm einer kleinen Dose aus ihrem Koffer einen Teststreifen. »Leider kann ich damit nicht die ganze Bandbreite abdecken, aber immerhin einen Großteil.« Sie stellte den Becher auf dem Tisch ab und tauchte den Teststreifen hinein.

Zehn Sekunden später zog sie ihn heraus und verglich die Farbfelder mit den aufgedruckten auf der Dose.

»Positiv getestet auf LSD«, sagte Claude.

»Wie bitte? Aber das ist unmöglich.« Heinrichsen fiel in sich zusammen, als ihm bewusst wurde, was Frau Schäfer ihm mitgeteilt hatte. Plötzlich ergab alles einen Sinn. Er hatte sich die Leiche nur eingebildet. Die Schweißausbrüche. Die farbigen Schlieren, die seinen Blicken folgten wie bunte flatternde Bänder. Dann fing er an zu lachen. Er lachte, bis ihm die Tränen kamen und er kaum mehr Luft bekam.

»Herr Heinrichsen?«, fragte Claude. »Geht es Ihnen gut?« Sie holte ihm einen Stuhl und ließ ihn sich setzen. »Haben Sie eine Ahnung, wer Ihnen die Drogen gegeben haben könnte?«

Heinrichsen schüttelte langsam seinen Kopf, dann nickte er. »Jaja, mir geht's gut. Und nein, ich weiß nicht, wer mir LSD verabreicht haben soll. Das muss man mir ins Bier gekippt haben, eine andere Möglichkeit kann ich mir nicht vorstellen.«

Claude sah zu den anderen und zuckte mit den Schultern. Jetzt mussten sie auch noch herausfinden, wer ihren Chef unter Drogen gesetzt hatte. Als ob der Tag nicht schon genügend Überraschungen für sie parat gehalten hätte, nahm das Ganze immer merkwürdigere Züge an.

»Wir sollten es ihm sagen«, flüsterte Merle Gabriel zu.

»Also, was wollten Sie mir sagen?«, fragte Heinrichsen.

Merle sah ihn erschrocken an und überlegte, wie es möglich war, dass er das gehört hatte. Ob das LSD dafür verantwortlich war?

»Kommen Sie mit«, sagte Gabriel und hakte sich bei Heinrichsen unter und wollte ihm aufhelfen.

»Jetzt lassen Sie mich schon los, ich kann allein gehen.« Er stand vom Stuhl auf und folgte Gabriel den Gang entlang.

Die Luke zum Keller stand immer noch offen und Gabriel stieg hinunter. »Passen Sie bitte auf, die Stufen sind sehr schmal.«

Erno Heinrichsen klammerte sich am Handlauf fest und stieg die Stufen hinab, wie kleine Kinder es taten: beide Füße absetzend, bevor sie den Fuß auf die nächste setzten.

Unten angekommen blieb er wie angewurzelt neben Gabriel stehen. »Das gibt's doch nicht. Da ist er wieder! Ich sehe schon wieder Gespenster.«

»Nein, Herr Heinrichsen. Sie sehen keine Gespenster. Hier liegt tatsächlich Joost Nielsens Leiche.«

Gabriel stützte seinen Chef, der jeden Augenblick zusammenzubrechen drohte.

»Das ist alles etwas viel auf einmal«, murmelte er.

»Kommen Sie, wir gehen wieder nach oben. Es gibt einige Dinge, die wir herausgefunden haben und abklären müssen.«

Oben angekommen setzten sie sich an den Tisch und brachten ihn auf den aktuellen Stand, auch auf die Gefahr hin, dass er in seinem Zustand keine besonders große Hilfe sein würde.

Was die Botschaft auf dem versteckten Zettel anging, so konnte Heinrichsen ihnen nur so viel dazu sagen, dass er indirekt an einem Fall arbeitete, von dem er ausging, Nielsen wäre darin verwickelt. Erno Heinrichsen vermutete, dass die Nachricht für ihn bestimmt war. Wahrscheinlich, weil Nielsen über einen Informanten herausgefunden hatte, dass er, Heinrichsen, involviert war. Nielsen musste also gewusst oder zumindest geahnt haben, dass er kurz davor stand, hochgenommen zu werden, und weil er nicht in den Bau wandern wollte, hinterließ er ihm, Erno, einen Gruß.

»Wo haben Sie die Aufnahmen her?«, fragte Heinrichsen, als er sich selbst aus der Vogelperspektive dabei zusah, wie er die Tür zum Nebengebäude aufsperrte.

»Die stammen von der Kamera draußen auf dem Freigelände. Ein Gast hat sie dort angebracht. Sie nimmt jede Minute ein Foto auf«, erklärte Penny.

»Na, aber dann ist der Fall doch so gut wie gelöst, oder?« Heinrichsen schaute reihum in die Gesichter von Behrens' Team.

»Nun ja«, sagte Schoki. »Nicht ganz.«

»Derjenige, der die Leiche hat verschwinden

lassen, müsste doch darauf zu sehen sein, oder?« Er deutete auf das Handy vor ihm auf dem Tisch.

Der Akku von Pennys Handy war inzwischen so weit aufgeladen, dass sie die restlichen Bilder sichten konnten. Bevor sie allerdings nachsahen, wann Peter Heinrichsen das Nebengebäude wieder verlassen hatte, konfrontierten sie ihren Chef mit der Tatsache, dass vor ihm Finn Johansen im Gebäude gewesen war.

»Und er war da dreißig Minuten lang drin? Gütiger Gott, er hat doch wohl nicht …?«, fragte Heinrichsen und brach mitten im Satz ab.

»Nein, Finn hat Nielsen nicht umgebracht und es dann wie einen Suizid aussehen lassen«, klärte Claude ihn auf. »Soweit ich das beurteilen kann, ist Nielsen schon seit gestern Abend tot, und auf den ersten Blick deutet nichts auf Fremdeinwirkung hin. Hundertprozentig ausschließen kann ich das aber nicht.«

Heinrichsen schüttelte mit seinem Kopf. »Das darf doch wohl alles nicht wahr sein.«

»Wir brauchen Ihre Hilfe, um möglichst unauffällig herauszufinden, was der Bräutigam da drin so lange gemacht hat. Ihnen vertraut er«, sagte Gabriel.

»Und ich habe da auch schon eine Idee.« Schoki beugte sich über den Tisch zu Heinrichsen. »Sie gehen mit ihm an die Bar, trinken was mit ihm, verwickeln ihn in ein unverfängliches Gespräch. Und dann …«

KAPITEL ZWANZIG

Heinrichsen fand Shakoufeh Gheselbash zwar etwas gewagt, aber wenn es der Wahrheitsfindung diente und er seinen Teil dazu beitragen konnte, dann würde er das tun.

In Gedanken ging er das ihm bevorstehende Gespräch noch einmal durch. Er war so verdammt schlecht in Small Talk und hatte nicht viel mit Finn zu tun. Er wusste nicht einmal mehr, was der beruflich machte, obwohl er sich sicher war, dass sie bereits darüber gesprochen hatten.

Vor einigen Jahren hatte Peter ihn darum gebeten, zu checken, ob Finns Weste weiß war, wie man so schön sagte. Er hatte ihm den Gefallen ausnahmsweise getan, und sein Bruder konnte guten Gewissens zustimmen, als Finn um die Hand seiner Tochter angehalten hatte.

Erno sah sich um, konnte Finn aber nirgends entdecken. Als er den Saal verließ, lief er direkt in Swantjes Arme.

»Hey, Onkelchen. Wie sieht's mit unserem Walzer aus? Du hast es versprochen.«

Seine Nichte sah bezaubernd aus. Allein ihr Gesichtsausdruck machte es einem unmöglich, ihr einen Wunsch auszuschlagen. Erst jetzt nahm er sich bewusst einen Moment Zeit, sie von Kopf bis Fuß zu betrachten. »Du bist wunderschön. Dein Finn kann stolz darauf sein, jemanden wie dich zu haben.«

»Danke.« Swantje fiel ihm um den Hals und drückte ihn fest, dann ließ sie von ihm ab. »Du sollst nicht immer ablenken, Onkel Erno. Später bist du auf jeden Fall dran«, sagte sie und zwinkerte ihm zu.

Als sie sich zum Gehen umwandte, hatte Erno das Gefühl, seine Nichte würde davonschweben. Sie hatte ihr langes blondes Haar zu einer kunstvollen Frisur hochgesteckt, die von Perlen und Strasssteinchen eingerahmt war. Trotz des Dämmerlichts stachen ihm jetzt Details ins Auge, die er bei Tageslicht vermutlich nicht wahrgenommen hätte. Er seufzte, denn er konnte nichts dafür, dass er viel zu oft auf Autopilot lief und alles um ihn herum ausblendete, wenn er privat unterwegs war.

Swantje war schon fast aus seinem Blickfeld verschwunden, als sie sich noch mal umdrehte und ihm zurief: »Danke noch mal für das tolle Geschenk, Onkel Erno. Auch in Finns Namen.«

»Nichts zu danken, meine Kleine. Apropos Finn, wo ist der überhaupt?«

Seine Nichte deutete in Richtung eines Stehtischs auf der gegenüberliegenden Seite der Freifläche, warf ihm einen Kussmund zu und weg war sie.

Erno schlenderte wie zufällig hinüber und stellte

sich zu Finn an den Tisch, der sich gerade mit Peter, seinem frisch angetrauten Schwiegervater unterhielt.

»*Na, mien Jung*? Alles klar bei dir?«, fragte er und schalt sich augenblicklich einen Idioten, weil ihm nichts Besseres eingefallen war. Finn schien dies jedoch nicht zu bemerken.

»Ich gehe mir mal ein wenig die Beine vertreten«, sagte Peter und löste damit ein weiteres von Ernos Problemen, nämlich Finn unter vier Augen zu sprechen.

Gheselbash Plan sah zwar vor, mit ihm an die Bar zu gehen, aber Finn hatte noch etwas zu trinken und für ihn, Erno, war es ohnehin besser, ab jetzt die Finger vom Alkohol zu lassen. Wer wusste schon, wie sich der mit LSD vertrug. Die Wechselwirkungen waren nicht zu unterschätzen. Und Erno war nicht bereit, an dieser Stelle ein Risiko einzugehen.

Erno setzte alles auf eine Karte. »Ich hab mich heute, kurz nach dem Mittagessen auf dem Weg zu den Toiletten verlaufen und bin stattdessen im Nebengebäude dort drüben gelandet.« Er zeigte mit dem Finger in die entsprechende Richtung und wartete auf Finns Reaktion. Wenn er drin gewesen war und etwas mit Joost Nielsen, dessen Tod oder dem Verstecken seiner Leiche zu tun hatte, dann würde er sich verraten.

Finn zuckte erschrocken zusammen und sein Gesicht nahm die Farbe von weißem Käse an. *Volltreffer,* dachte Erno, bremste sich aber sofort ein, als er die Tragweite dessen, was er gerade im Begriff war, herauszufinden, überdachte.

»Du … du hast es gesehen?«, stotterte Finn. »Es tut

mir wirklich leid, ich wollte das nicht, aber manchmal steckt man da einfach nicht drin«, redete er sich um Kopf und Kragen.

Erno musste das ausnutzen. Bevor er hier herübergekommen war, hatte er auf seinem Handy, das in der Innenseite seines Jacketts steckte, die Diktierfunktion aktiviert. Wie sich jetzt herausstellte, war das eine gute Idee gewesen. Sein Instinkt sagte ihm, dass er im Begriff war, ein Geständnis aufzuzeichnen.

»Ja, das kenne ich nur zu gut«, pflichtete Erno ihm bei, in der Hoffnung, ihn zum Weiterreden zu animieren.

»Du auch?«, fragte Finn verwundert.

»Na ja«, fing Erno an, »manchmal überkommt es einen einfach wie aus dem Nichts.«

»Ja, genau! So war es bei mir auch.«

»Und dann? Was ist dann passiert?«, fragte Erno.

»Dann war das Klopapier alle.«

Erno verstand gar nichts mehr. Was um alles in der Welt hatte Klopapier mit Nielsens Leiche zu tun?

»Wie? Das Klopapier war alle?« Erno fragte sich, ob Finn ihm hier eine Räuberpistole auftischte, aber er machte auf ihn den Eindruck, als würde er sich für das, was immer er auch getan hatte, in Grund und Boden schämen. Finn senkte fortwährend seinen Blick und sah beschämt zu Boden.

»Ja, aber das habe ich erst gemerkt, als es zu spät war. Da ich wusste, dass das Gebäude für die Veranstaltung gesperrt war und die Gäste die anderen Toiletten drüben im Saal benutzten, konnte ich mit heruntergelassener Hose die Kabine verlassen, ohne Gefahr zu laufen, dabei erwischt zu werden. Dann habe ich … Gott ist mir das peinlich … Ich haben die Stoffrolle aus dem Handtuchspender gezogen, ein großes Stück davon abgerissen und als Klopapier verwendet.«

Erno sah in fragend an. Was Finn da sagte, ergab für ihn im ersten Moment keinen Sinn, doch dann fiel ihm das zerrissene Tuch im Handtuchspender wieder ein. Langsam dämmerte ihm, dass Finn überhaupt nichts mit Nielsen zu tun hatte und genau wie er selbst mehr oder weniger zufällig dort drüben auf die Toilette gegangen war.

»Ich wollte während der Feier kein großes Aufheben darum machen. Wie hätte das denn ausgesehen, wenn ich mit einem Pümpel über den Platz gelaufen wäre?« Finn rang sich ein Lächeln ab. »Geht's dir denn inzwischen besser?«

»Mir? Äh, ja, natürlich. Alles wieder gut.« Erno stellte sich gerade bildlich die Schlagzeile vor und verkniff sich ein Lachen.

»Swantje hat mir Kohletabletten gegeben. Lag vermutlich an der Nervosität. Schließlich heiratet man nicht jeden Tag.«

Erno nickte nachdenklich. »Na, dann wollen wir mal hoffen, dass es wirklich nur die Nervosität war, nech?« Er klopfte Finn auf die Schulter und verabschiedete sich. »Ich gehe dann mal wieder rein. Es frischt langsam auf.«

»Finn könnt ihr von der Liste der Verdächtigen streichen«, sagte Erno, als er zurückkehrte.

»Na, auf die Geschichte bin ich aber mal

gespannt.« Claude war alles andere als überzeugt und hoffte, dass Heinrichsen den Mann seiner Nichte nicht mit Samthandschuhen angefasst hatte, oder schlimmer noch, in Schutz nahm.

Erno ging zur Herrentoilette und winkte alle hinein. Dann öffnete er eine Kabinentür nach der anderen, bis er fand, was Finns Geschichte stützte.

»Hier, bitte schön.«

»Was soll das sein?« Claude schob ihre Brille ein Stück hoch und schaute in die Schüssel.

»Wollen Sie die ganze Geschichte hören?«, fragte Heinrichsen.

»Natürlich«, antwortete Gabriel für alle.

Heinrichsen zog sein Handy aus der Innentasche seines Jacketts und spielte die Audioaufnahme ab.

»Ach du dickes Ei«, sagte Schoki und brach in schallendes Gelächter aus, als die Aufzeichnung zu Ende war.

»Fünf Euro in die Wortspielkasse«, rief Claude und zwinkerte Merle zu.

»Das kannst du dir beim besten Willen nicht ausdenken.« Penny lachte ebenfalls Tränen.

Nachdem sich alle einigermaßen gefasst hatten, kehrten Sie wieder zum Ernst der Lage zurück.

»Damit bleibt nur noch einer übrig«, sprach Gabriel das aus, was alle dachten, aber niemand anzusprechen wagte.

»Peter? Nein, nein. Für den lege ich meine Hand ins Feuer.« Heinrichsen schüttelte seinen Kopf. »Niemals.«

»Da haben sich schon andere die Finger verbrannt«, meinte Gabriel. »Wir müssen jeder Spur nachgehen, und Ihr Bruder hatte definitiv die Gelegenheit dazu.«

»Dann hätte er sich doch irgendwie auffällig benommen. Ich meine, wenn man eine Leiche verschwinden lässt oder versteckt, dann kehrt man doch nicht einfach so zur Tagesordnung zurück, oder?«

Erno Heinrichsen seufzte, ließ sich auf seinem Stuhl zurücksinken und sah in die Gesichter, die ihn reihum auffordernd anstarrten. »Okay, ist ja schon gut. Ich hole ihn her.«

KAPITEL
EINUNDZWANZIG

»Sind Sie bereit, sich einem Drogentest zu unterziehen?«, begrüßte Claude Peter Heinrichsen, als dieser zusammen mit seinem Bruder das Nebengebäude betrat.

»Was soll das, Erno?« Er sah zu seinem Bruder. »Ich dachte, die hätte nur ein paar Fragen an mich?«

»Haben Sie etwas zu verbergen, Herr Heinrichsen?«, fragte Claude.

»Natürlich nicht!«

»Jetzt komm schon, der Test geht schnell und tut auch nicht weh«, sagte Erno und klopfte seinem Bruder auf die Schulter.

»Na gut, aber ich verstehe nicht, wozu das gut sein soll.« Er nahm den Becher entgegen und ging in Richtung Toilette.

»Das erklären wir Ihnen im Anschluss«, sagte Claude, aber da war die Tür schon hinter ihm ins Schloss gefallen.

»Frau Schäfer wird deinen Urin auf Substanzen

testen, die dort nichts zu suchen haben«, erklärte Erno Heinrichsen seinem Bruder, als dieser wieder zu ihnen zurückgekehrt war.

»Und wozu soll das bitte schön gut sein?«

»Positiv auf Lysergsäurediethylamid«, las Claude das Ergebnis ab.

»LSD«, klärte Erno seinen Bruder auf.

»Wie bitte?« Peter Heinrichsen schlug die Hände über seinem Kopf zusammen. »Das kann nicht sein. Das ist unmöglich. Ich nehme keine Drogen.«

»Peter, niemand macht dir das zum Vorwurf, aber wenn du etwas dazu zu sagen hast, dann wäre jetzt der richtige Zeitpunkt.«

Peter starrte seinen Bruder entgeistert an. »Bist du vollkommen verrückt geworden?«

»Du bist nicht der Einzige, der positiv auf LSD getestet wurde«, erklärte Erno ihm.

»Was soll das heißen? Wer den noch?«

»Ich. Bei mir hat Frau Schäfer ebenfalls diese Substanz nachgewiesen, und glaub mir, ich hab keine Ahnung, wie es dazu gekommen ist.«

Peters Blick ging ins Leere und schien etwas an der Wand zu fixieren, was nicht dort war.

»Peter?« Erno rüttelte seinen Bruder und holte ihn aus seiner Starre zurück.

»Das würde ja bedeuten, dass uns das jemand untergemischt haben muss. O Gott. Nicht auszudenken, falls noch mehr Leute davon betroffen sind. Wenn das herauskommt … Um Himmels willen, ich darf gar nicht daran denken.«

»Jetzt halt mal den Ball flach, denn das ist eines

unsere kleinsten Probleme. Aktuell beschäftigt uns ein wesentlich dringenderes.«

»Und das wäre?«

»Gegenüber dieses Gebäudes hängt eine funkgesteuerte Kamera, die jede Minute eine Aufnahme macht und an einen Cloudservice schickt. Wir haben die Aufnahmen gesichtet.«

Peter Heinrichsens Gesicht wirkte, als hätte ihn der rosarote Panther angemalt, wie er es mit der Litfaßsäule im Vorspann der Serie tat. Nur eben nicht rosarot, sondern weiß.

»Du warst fast zwanzig Minuten lang hier drin, obwohl wir abgesperrt haben und ich den Schlüssel hatte.«

Peter Heinrichsen ließ sich auf einen freien Stuhl fallen und schlug sich die Hände vors Gesicht. »Meine Güte! Ja! Ich war's. Ich habe ihn vom Balken geholt und im Keller hinter den Kisten versteckt.«

Erno Heinrichsen sah seinen Bruder entgeistert an. »Wie bitte? Aber … aber warum?«

»Frag nicht so blöd. Wenn Swantje deine Tochter wäre, dann hättest du an meiner Stelle ganz genauso gehandelt. Was meinst du, was los gewesen wäre, wenn irgendjemand etwas davon mitbekommen hätte?«

»Aber genau deswegen haben wir doch die Tür abgesperrt.« Erno verstand die Welt nicht mehr.

»Was, wenn du dich verplappert hättest, oder jemand mitbekommen hätte, wie die dort«, er deutete in Richtung der anderen, »hier herumschnüffeln?«

»Wir machen das nicht zum ersten Mal«, warf Penny ein.

»Sie sind mal besser ganz ruhig. Meinen Sie, ich hätte nicht mitbekommen, wie Sie beide«, er zeigte auf Penny und Schoki, »die Leute beobachtet und ausgefragt haben. Zum Glück konnte ich Swantje jedes Mal eine glaubwürdige Geschichte auftischen«, sagte Peter.

»Zumindest wäre damit das Verschwinden von Joost Nielsens Leiche geklärt«, fasste Gabriel zusammen. »Was ich allerdings nicht verstehe ist, warum sich Nielsen ausgerechnet hier aufgehängt hat.«

»Die Frage wird er uns wohl nicht mehr beantworten können«, meinte Erno Heinrichsen und seufzte.

»Die Hochzeitsfeier war ursprünglich für gestern geplant gewesen«, sagte Peter Heinrichsen. »Da wir aber sowohl für die Trauung im Turm als auch für die Feier im Anschluss einige Ausnahmegenehmigungen gebraucht haben, im Zuge derer sich herausstellte, dass der Standesbeamte nur heute Zeit hatte, haben wir den Termin verlegt.«

»Wer wusste davon? Also vom ursprünglichen Termin?«, fragte Gabriel.

»Unmöglich zu sagen. Der Aushang mit dem falschen Datum hing bis letzte Woche noch im Rathaus unter ›Eheschließungen‹ aus, sowohl hier als auch in St. Peter-Ording.«

»Dann ergibt Ihre Theorie durchaus Sinn«, sagte Merle und sah zu ihrem Chef, der langsam nickte. »Nielsen könnte also tatsächlich einen Informanten gehabt haben. Ich schätze, dass Swantjes Geburtsname auf dem Aushang stand? Dann hätte eine kurze Recherche gereicht, um festzustellen, dass Peter Heinrichsen Ihr Bruder ist. Es wäre also denkbar, dass

Nielsen mit seinem Abgang die Feier ruinieren wollte. Möglicherweise wusste er nicht, dass das Nebengebäude nicht für die Gäste zugänglich war – offiziell zumindest. Wie wir heute gesehen haben, kamen ja trotzdem Leute hier rein.«

»Erno, wir dürfen das keinesfalls an die große Glocke hängen«, flehte Peter seinen Bruder an. »Ich habe doch nichts Schlimmes getan.«

»Wie ich das sehe – Frau Schäfer, korrigieren Sie mich bitte, wenn ich falschliege – liegt kein Tötungsdelikt vor.« Erno Heinrichsen sah zu Claude, die nickte. »Somit liegt auch keine Strafvereitelung vor, richtig?«

»Korrekt«, bestätigte Gabriel.

»Bleibt nur noch die Frage: Was machen wir mit Joost Nielsens Leiche?«

»Es gibt noch eine weitere ungeklärte Frage«, warf Merle ein. »Wer hat Ihnen die Drogen verabreicht? Und sind Sie beiden die einzigen oder gibt es noch mehr?«

KAPITEL
ZWEIUNDZWANZIG

»Wo … wo bin ich?«, fragte Jupp, als er blinzelnd die Augen öffnete, dann entdeckte er Hannes. »Mann, hab ich einen Brummschädel.«

»Kein Wunder, du hast dir ja auch einen Aquavit nach dem anderen reingekippt«, sagte Hannes. »Ich bin mit dir durch die Gegend gefahren, während du deinen Rausch ausgeschlafen hast.«

»Bist du völlig irre? Der Chef wartet doch schon längst auf uns. Der wird toben wie ein Berserker.«

»Dazu komme ich gleich«, erklärte Hannes. »Während du den gesamten Baumbestand Nordfrieslands abgeholzt hast, war ich nicht untätig.«

»Ich schnarche nicht!«, widersprach Jupp.

Hannes lachte. »Doch, das tust du. Und wie!«

»Erzähl schon weiter, lass dir nicht immer alles aus der Nase ziehen.«

Hannes warf einen Blick auf die analoge Uhrzeitanzeige im Armaturenbrett. »Ich bin jetzt knapp vier Stunden mit dir spazieren gefahren. Jede einzelne, verdammte Straße und jeden Weg bin ich abgefahren, auf der Suche nach dem Transporter.«

»Du bist was?« Jupp starrte ihn ungläubig an. »Du bist ja total verrückt.«

»Wohl kaum. Verrückt wären wir beide, wenn wir ohne die Karre beim Boss auftauchen.«

»Darum soll sich mal schön die Polizei kümmern«, meinte Jupp. »Ist doch nicht unser Problem.«

»Was glaubst du, wer die waren, die uns die Karre gestohlen haben?«

»Nein, nicht dein Ernst, oder? Du nimmst mich auf den Arm, oder?«

»Leider nein. Ich hab die Namen gegoogelt. Die sind von der Kripo«, sagte Hannes.

»Und ich hab heute noch im Scherz gemeint, dass die bestimmt von den Bullen sind, weil die so skeptisch waren. Vor allem der Typ hatte an allem was zu meckern und auszusetzen.«

»Der Chef kann aber auch noch aus einem anderen Grund nicht zu den Bullen.«

»Hä? Und wieso nicht?«

»Frag nicht so blöd, die Einzelheiten kenne ich auch nicht. Nur so viel, dass das mit dem Areal und dem Bunker alles nicht so richtig offiziell ist, wenn du verstehst, was ich meine. Wenn das herauskommt, dann hat der Boss ein anderes Problem als nur seinen gestohlenen Transporter.«

Jupp nickte und in seinem Kopf formte sich ein Gedanke. Er kurbelte das Fenster runter und ließ frische Luft in den Wagen. »Das würde ja bedeuten, dass wir unsere Jobs behalten können.«

»Schlaues Kerlchen. Im Prinzip kann er uns

nämlich gar nichts.« Hannes sah ihn an. »Das Beste kommt aber erst noch.«

»Ich bin ganz Ohr«, sagte Jupp.

»Ich weiß, wo der Transporter steht.«

»Und wo?«, fragte Jupp, der schon damit rechnete, dass sie den vor dem Polizeipräsidium abholen müssten.

»Ein paar hundert Meter entfernt von Westerheversand.«

»Beim Leuchtturm?«, sagte Jupp. »Ist da heute nicht geschlossene Gesellschaft?«

»Ja, da war vorhin in der Tat viel los, aber woher weißt du das?«, fragte Hannes.

»Heute früh, als ich die Kundschaft vom Treffpunkt zum Bunker gefahren hab, hab ich mitbekommen, wie Claudia sich beim Chef für den Rest des Tages freigenommen hat, weil sie auf eine Hochzeit auf Westerheversand eingeladen wäre. Ist wohl mit der Braut befreundet oder so.«

»Und so schließt sich der Kreis«, sagte Hannes und lachte.

»Worauf warten wir noch, lass uns unseren Transporter zurückholen.«

Hannes drückte das Gaspedal durch und verlangte dem Kleinwagen alles ab.

Zwei Kilometer vor Westerheversand ging ihnen der Sprit aus.

»Peter, du kannst gehen. Lass dich mal wieder bei deiner Tochter blicken, bevor sich dich vermisst meldet«, sagte Erno Heinrichsen und schloss die Tür hinter ihm.

»Leute, ich weiß, es ist viel von Ihnen verlangt, aber ich will keinen großen Wind um die Sache machen.« Heinrichsen sah Gabriel, Merle, Penny, Schoki und Claude der Reihe nach an. »Normalerweise bin ich es, die Ihre Köpfe rettet und der seine schützende Hand über Sie hält. Heute muss ich Sie um einen Gefallen bitten.«

Die fünf sahen sich an und schluckten. Dann nickten sie.

»Eine Bitte hätte ich noch«, sagte Heinrichsen. »Finden Sie bitte raus, wer mir die Drogen ins Getränk oder sonst wo hineingemischt hat. Sobald Sie einen Verdacht haben, geben Sie mir bitte Bescheid.«

»Alles klar.« Gabriel nickte.

»Ich bin dann mal weg. Sie wissen ja, wo Sie mich finden.«

»Eine Frage noch …«, setzte Gabriel an.

»Nielsen?«

Gabriel nickte.

»Zerbrechen Sie sich wegen dem nicht Ihren Kopf. Um den kümmere ich mich«, sagte Heinrichsen und verschwand.

»Puh, das muss ich jetzt erst mal verdauen«, sagte Merle. »Habe ich das richtig verstanden?«

»Ich fürchte ja.« Claude sah sie an und zuckte mit den Schultern. »Wir sind damit jedenfalls raus. Er muss seinen Kopf hinhalten.«

»Aber widerspricht das nicht allem, was wir gelernt haben und weshalb wir diesen Job machen?«

»Ich gebe dir vollkommen recht, aber entzieht sich unserer Entscheidungsgewalt.« Gabriel nickte nachdenklich, als es aus seiner Bauchtasche fiepte. »Na, da ist wohl jemand ganz unserer Meinung, was?«

»Oder er hat Hunger, genau wie ich«, stöhnte Penny.

»Na los. Servieren wir Heinrichsen den Übeltäter auf dem Silbertablett. Und dann machen wir hier Feierabend.«

»Fünf Euro in die Wortspielkasse!«, riefen Merle und Claude wie aus einem Mund, sahen sich an und prusteten los.

»Hab ich etwas verpasst?«, fragte Gabriel.

»Nö, warum?«

KAPITEL DREIUNDZWANZIG

»Wie kann man nur so blöd sein und vergessen zu tanken?« Jupp schlug Hannes mit der Faust gegen den Oberarm.

»Was kann ich denn dafür, wenn die Tankanzeige spinnt?«, rechtfertigte sich Hannes.

»Von wegen, die Tankanzeige spinnt. So wie ich dich kenne, hast du entweder die Sicherung für die Reserveleuchte entfernt oder schwarzes Isolierband über die Leuchte geklebt.«

»Jaja, jetzt ist es aber wieder gut.«

Die beiden stiegen aus und schoben den Corsa runter von der Straße auf einen schmalen Feldweg.

Hannes sperrte den Wagen ab und steckte den Schlüssel ein.

»Warum sperrst du überhaupt ab? Als ob die Karre jemand stehlen würde«, zog Jupp ihn auf.

»Unser Transporter wurde auch gestohlen«, meinte Hannes achselzuckend.

»Aber den holen wir uns jetzt wieder.«

Hannes deutete nach vorn, wo in einiger Entfernung der Leuchtturm stand. »Da müssen wir hin. Ist ein Katzensprung.«

Gabriel, Merle, Penny, Schoki und Claude saßen um den Tisch im Nebengebäude und überlegten, wie sie schnellstmöglich herausfinden konnten, wer für die Verabreichung der Drogen verantwortlich war.

»Ich schlage vor, dass wir versuchen, Heinrichsens Tagesablauf zu rekonstruieren«, sagte Schoki. »Es muss einen Zeitpunkt x plus minus dreißig Minuten geben, an dem er eine physische Veränderung bemerkt haben sollte. Wenn wir wissen, wann das war, können wir Rückschlüsse ziehen, was er getrunken hat und möglicherweise vielleicht sogar mit wem.«

»Keine schlechte Idee, aber wie willst du seinen Tagesablauf rekonstruieren? Wir haben ihn schließlich nicht ununterbrochen beobachtet«, warf Claude ein.

»Natürlich wären wir da auf seine Mithilfe angewiesen. Allein mit den Fotos schaffen wir das nicht hin«, sagte Merle.

»Moment mal.« Schoki legte ihren Kopf schief und überlegte. »Penny? Wann hast du mit diesem Typ getanzt?«

»Keine Ahnung. Ich hab nicht auf die Uhr geschaut, warum?«

»Jetzt weiß ich's! Ich hab euch doch gefilmt.« Schoki entsperrte ihr Handy und rief die Videodatei auf. »Hier, das war um 15:37 Uhr. Er muss also vorher das mit LSD versetzte Getränk zu sich genommen haben.«

»Und wie kommst du darauf?«

Schoki startete das Video und hielt den anderen das Handy vor ihre Nasen.

»Oha, Penny. Den hast du bezirzt, um an die Fotos zu kommen?«, zog Claude sie auf. »Ich hätte dir einen besseren Geschmack zugetraut.«

»Haha. Seid lieber froh, dass ich mit vollem Körpereinsatz dabei war«, sagte Penny und knuffte sie in die Seite.

»Passt lieber auf, gleich müsste die Stelle kommen«, sagte Schoki.

»Ist das … Heinrichsen?«, fragte Gabriel und ging näher ans Display ran. »Kannst du den Ton mal lauter stellen? Das glaube ich jetzt nicht.« Er schüttelte den Kopf, während er seinen Chef dabei beobachtete, wie dieser zu *What is Love* eine Art Regentanz aufführte. »Hoffentlich warst du die Einzige, die das gefilmt hat. Wenn das auf YouTube die Runde macht. Oh, oh.«

»Meinst du, dass er da schon auf LSD war?«, fragte Merle.

»Definitiv. Der ist geistig ganz woanders. Weiß der Geier, was der da gehört hat, Bild und Ton wirken, als würden sie nicht zusammengehören«, untermauerte Schoki ihre These.

»Da könnte was dran sein«, murmelte Gabriel und zückte grinsend sein Handy.

»Was hast du vor?«, fragte Merle.

»Heinrichsen anrufen.«

»Das kannst du dir sparen«, sagte Penny, die die Tür geöffnet hatte und hinausspähte. »Der tanzt gerade mit der Braut, und ich glaube, das wollt ihr euch nicht entgehen lassen.«

Zu fünft drängten sie sich in den Durchgang, während sie ihrem Chef und der Braut dabei zusahen, wie sie einen Walzer tanzten.

»Respekt, nach dem Video von gerade vorhin hätte ich ihm das nicht zugetraut«, meinte Claude.

Als der Walzer zu Ende und der Applaus der Hochzeitsgäste verklungen war, füllte sich die Tanzfläche wieder rasch.

Gabriel nutzte die Gelegenheit und passte Heinrichsen ab, bevor der in der Menge unterging.

»Respekt, Herr Heinrichsen.«

»Danke, Behrens. Aber Sie sind bestimmt nicht deshalb hier, oder?«

»Nicht direkt. Haben Sie fünf Minuten für mich?«, fragte Gabriel.

»Wenn es sein muss. Lassen Sie uns dort rübergehen«, schlug Heinrichsen vor und deutete auf einen Stehtisch ein Stück abseits der Menge. »Also, worum geht's?«

»Können Sie sich noch erinnern, was Sie vor etwa 16 Uhr getrunken haben?«

»Puh, zum Glück war das nicht allzu viel. Wann soll ich anfangen? Beim Kaffee zum Frühstück? Beim Sektempfang?«, fragte Heinrichsen.

»Zählen Sie auf, was Ihnen einfällt. Hauptsache die Reihenfolge stimmt in etwa«, sagte Gabriel.

»Zwei Kaffee zum Frühstück, einen Orangensaft mit Sekt nach der Trauung, ein Bier mit Peter, dann noch eines beim Mittagessen, ein Wasser, halt, davor hab ich ein Glas Prosecco getrunken, hinterher erst das Wasser und zum Abendessen vorhin noch ein Wasser.«

»Und jetzt versuchen Sie sich bitte zu erinnern, ob und wann Sie gemerkt haben, dass irgendwas nicht stimmt. Schweißausbrüche, Zittern, Sinnestäuschungen, irgendwie so was in der Richtung.«

»Als ich mit Peter am Tisch saß und das Wasser getrunken habe, da war mir, als ob etwas nicht stimmen würde. Ich hatte so was wie ein Tief, aber Peter hat mich wieder aufgebaut. Ich hatte das Gefühl, als würde ich die Szenerie von außerhalb beobachten. Fast so, als ob mein Geist sich von meinem Körper getrennt hätte. Vielleicht auch schon eine Weile vorher. Wenn ich es zeitlich eingrenzen müsste, würde ich sagen, dass es etwa zwischen dem Prose…« Heinrichsen stoppte mitten im Satz.

»Was ist los?«, fragte Gabriel.

»Nichts. Mir ist nur gerade etwas eingefallen«, murmelte Heinrichsen, lief in Richtung Saal davon und ließ Gabriel kopfschüttelnd am Tisch stehen.

Jupp und Hannes gingen an einer Reihe von Fahrzeugen entlang.

»Scheint ja heute eine noble Veranstaltung zu sein, wenn ich mir die Karren hier so anschaue«, sagte Hannes.

»Das kannst du laut sagen. So eine Kiste wär's doch, oder?« Jupp deutete auf einen Tesla.

»Spinnst du? Was willst du denn mit so einer E-Kiste? Da dauert allein das Tanken eine Ewigkeit.« Hannes schüttelte den Kopf.

»Sagt derjenige, der es nicht mal schafft, rechtzeitig Sprit in seine Karre zu schütten.« Jupp lachte.

»Pst!«, zischte Hannes. »Nicht so laut. Am Ende gehen hier noch welche spazieren und erwischen uns dabei, wie wir unsere eigene Karre stehlen.«

»Wenn es unsere ist, ist es ja nicht gestohlen«, meinte Jupp. »Rückführung nennt man das.«

»Eine Rückführung? Das ist doch was ganz anderes.«

»Ist doch egal, Hauptsache wir bekommen unseren Transporter wieder.«

»So, mach mal langsam ab hier«, sagte Hannes. »Da müsste er jetzt irgendwo sein.« Er sah sich um, konnte den Kleinbus aber nirgends entdecken.

»Und? Wo ist er jetzt? Der ist doch unmöglich zu übersehen.« Jupp ging die Reihen der geparkten Autos auf und ab. »Bist du dir sicher, dass das unser Transporter war, der da stand?«

»Na klar, ich hab extra aufs Nummernschild geschaut. Ich bin doch nicht blöd!«

»Mich würde es ja nicht wundern, wenn sie den Bus zwischenzeitlich abgeschleppt hätten. Der fällt zwischen all den anderen Karren ja auf wie ein bunter Hund«, sagte Jupp. »Gnade dir Gott, wenn du mich verarscht hast, das sag ich dir!«

»Aber wenn ich es dir doch sage: Der Bus ist hier irgendwo gestanden.« Hannes konnte es nicht glauben, aber der Transporter war nirgends zu sehen.

»Ich frage mich, wer von uns beiden zu viel getrunken hat.« Jupp lachte und fischte seine Zigarettenpackung aus der Tasche, um sich eine Kippe anzuzünden, als sein Handy klingelte. Er holte es aus der Gesäßtasche und starrte aufs Display. »Mist. Das ist der Boss.«

»Na, nimm schon an. Früher oder später werden wir es hinter uns bringen müssen.«

Jupp nahm das Gespräch an und zuckte in Erwartung eines Anschisses vorsorglich schon mal zusammen. »Ja, hier Jupp. Was gibt's, Chef?«

»Und, hat dir Heinrichsen weiterhelfen können?«, fragte Merle, als Gabriel wieder zu ihnen stieß.

»Wie man's nimmt. Er hat es zumindest geschafft, die Reihenfolge, Menge und Art der Getränke bis zum Abendessen aufzuzählen«, sagte Gabriel.

»Und dann?«

»Dann musste er dringend weg und ließ mich stehen.«

»Seltsam.«

KAPITEL VIERUNDZWANZIG

»Mensch, wo bleibt ihr denn so lange?«

»Wir sind gerade noch … unterwegs«, log Jupp und wunderte sich, wo der erwartete Anpfiff blieb.

Hannes sah ihn fragend an und Jupp zuckte mit den Schultern.

»Bleibt, wo ihr seid. Ich hole euch ab. Bin sowieso in die Richtung unterwegs und in zehn Minuten da«, sagte Mertens und beendete das Gespräch.

»Was war das denn?«, fragte Hannes.

»Keine Ahnung. Aber der war scheißfreundlich und holt uns gleich ab.«

»Aber der weiß doch gar nicht, wo wir sind«, stellte Hannes fest.

»Er ist in zehn Minuten da, hat er gesagt.«

Elf Minuten später kam ein Fahrzeug mit eingeschalteten Scheinwerfern den Weg entlanggefahren.

Jupp und Hannes sahen sich an und waren sich sicher: Das musste ihr Chef sein.

Je näher die Lichter kamen, desto deutlicher erkannten die beiden die Form des Fahrzeugs.

»Das ist unser Transporter!«, stellte Hannes fest. »Aber wie ist das möglich?«

»Wir werden es vermutlich gleich erfahren«, sagte Jupp, und er hatte absolut kein gutes Gefühl bei der Sache.

Der Bus hielt auf Höhe der beiden an und das Beifahrerfenster wurde heruntergekurbelt. »Da sind ja meine zwei besten Männer. Kommt schon, steigt ein.«

Hannes und Jupp warfen sich fragende Blicke zu und stiegen dann ein.

»Moin, Chef«, sagte Jupp und nahm auf dem Beifahrersitz Platz, nachdem Hannes sich auf die Rücksitzbank gesetzt hatte. »Wohin fahren wir?«

»Na, wohin wohl? Ins Büro natürlich.« Mertens legte den Rückwärtsgang ein und steuerte den Bus gekonnt auf dem engen Weg zurück.

Jupp fiel ein Felsbrocken vom Herzen, hatte er doch felsenfest damit gerechnet, sich den Anschiss seines Lebens samt Kündigung einzufangen.

Hannes überlegte in der Zwischenzeit fieberhaft, was hier vor sich ging. Er traute sich seinen Hintern darauf verwetten, dass der Transporter vorhin noch hier zwischen den anderen Fahrzeugen auf der Warft geparkt gestanden hatte.

An der Geschäftsstelle von *Mertens' Adventures* angekommen, stiegen sie aus und folgten dem Chef in dessen Büro.

Hannes und Jupp traten durch die Tür und trauten Ihren Augen kaum: Auf Mertens' Schreibtisch standen zwei Flaschen Sekt, an welchen jeweils ein Kuvert lehnte.

»Euren Blicken nach zu urteilen habt ihr keinen Plan, was los ist, oder?«, fragte Mertens.

Die beiden schüttelten mit ihren Köpfen.

Jupp vermutete Claudia dahinter. Bestimmt hatte sie den Wagen entdeckt und gleich Mertens angerufen.

»Na los, setzt euch schon hin, oder braucht ihr 'ne Extraeinladung?« Albert Mertens deutete auf die beiden Stühle vor seinem Schreibtisch, während er in seinem Chefsessel Platz nahm, der sein Hinterteil quietschend willkommen hieß.

»Dann will ich euch mal nicht länger im Ungewissen lassen. Der Generalstaatsanwalt persönlich hat sich heute bei mir für die professionelle Durchführung des Events bedankt. Er hat mich ausdrücklich darum gebeten, den beiden Herren, die vor Ort verantwortlich waren«, er deutete auf Hannes und Jupp, »einen Bonus auszuzahlen.«

Hannes und Jupp sahen sich an, als ob ihr Chef nicht mehr alle Tassen im Schrank hätte, aber keiner von beiden wagte es, ihn zu unterbrechen, geschweige denn mit der Wahrheit herauszurücken.

»Außerdem hat er euren Einsatz lobend erwähnt, als ihr das Team in Westerheversand abgesetzt habt, damit es rechtzeitig zu den Feierlichkeiten anwesend war.«

Jupp kam aus dem Kopfschütteln nicht mehr raus. Entweder er hatte einen schlimmeren Filmriss, als angenommen oder aber mit seinem Chef stimmte etwas nicht.

Hannes neben ihm ging es nicht anders. Mertens' Lorbeeren passten nicht zu dem, was sie erlebt hatten.

»Und bei der super Arbeit, die ihr beiden heute geleistet habt, ist es doch nur verständlich, dass ihr euch ein Bier verdient habt, nech?«

Da er nicht wusste, ob und wie er reagieren sollte, hielt Jupp ein leichtes Kopfnicken für angebracht, Hannes neben ihm tat es ihm gleich.

»Herr Heinrichsen war so freundlich und hat mir mitgeteilt, wo der Transporter steht. Klar, betrunken sollt ihr ja nicht mehr hinters Steuer. Also hab ich ihn vorhin mit dem Zweitschlüssel abgeholt. Da ihr morgen wieder auf der Matte stehen müsst, hab ich euch angerufen und abgeholt, bevor ihr euch an der Bar ins Koma sauft.« Mertens lachte und schob die beiden Sektflaschen ein Stück nach vorn. »Na, nicht so bescheiden, die sind für euch. Und jetzt ab dafür.« Mit einem Wink entließ er die zwei sichtlich verdatterten Männer, die die Welt nicht mehr verstanden.

Sie schnappten sich die Sektflaschen und Kuverts und sahen zu, dass sie Land gewannen.

»Ach, eine Sache noch«, pfiff Mertens sie zurück.

Jetzt kommt's, dachte Jupp.

»Wer von euch beiden hat den Transporterschlüssel? Den Schlüsselbund zur Anlage hab ich in der Ablage gefunden.«

Hannes und Jupp starrten sich an – sie beide wussten, dass keiner von ihnen den Schlüssel hatte.

Jupp klopfte die Taschen seines Overalls ab. »Also, ich hab ihn schon mal nicht.«

»Ich auch nicht«, sagte Hannes. »Du bist doch gefahren, also müsstest du ihn auch haben.«

»Ruhig, Männer. Jetzt brecht hier mal wegen des blöden Schlüssels keinen Streit vom Zaun. Ich wollte ohnehin längst einen neuen machen lassen, weil der alte nicht mehr so gut beieinander war.«

»Ich weiß nicht, wie es euch geht, aber mein Magen hängt in den Kniekehlen«, sagte Penny. »Ich hab seit heute Morgen nichts mehr gegessen.«

Gabriel, Merle, Schoki und Claude stimmten ihr nickend zu.

»Ja, was zu essen wäre jetzt echt nicht die schlechteste Idee.«

»Ich könnte uns was aus der Küche organisieren«, schlug Penny vor. »Immerhin bin ich Antje Schmidt, die Frau, die dafür sorgt, dass heute alles reibungslos läuft. Soll ich mal nach dem Catering sehen?«, fragte sie und zwinkerte Schoki zu.

»Nee, lass mal. Am Ende wirbeln wir damit nur unnötig Staub auf«, sagte Gabriel. Sein Handy vibrierte und er zog es aus der Gesäßtasche. Nach einem kurzen Blick aufs Display sagte er: »Okay, Feierabend für heute.«

»Jetzt verstehe ich gar nichts mehr. Ich dachte, wir sollten noch ermitteln, wer für die Stimmungsaufheller verantwortlich ist?« Claude packte ihre Sachen zusammen, verstaute die Dose mit den Teststreifen wieder in ihrem Koffer und klappte den Deckel zu.

»Die Nachricht kam eben von Heinrichsen. Wir sind hier fertig«, sagte Gabriel. »Also dann, lasst uns verschwinden.«

»Und wie? Wir haben kein Fahrzeug, schon vergessen?«, warf Schoki ein.

»Warum, wir können doch den Transporter nehmen, mit dem wir hergekommen sind, oder?«, meinte Claude.

Gabriel hatte kein gutes Gefühl bei der Sache, aber irgendwie mussten sie ja von hier wegkommen. Und was lag da näher, als das Fahrzeug zu nutzen, mit dem sie hergekommen waren.

»Also, auf geht's. Haben wir alles?« Merle klatschte in die Hände. »Gabe, kontrolliere bitte noch, ob Blablaquatschi da ist, nicht dass wir den am Ende noch mal verlieren.«

»Check.«

Gabriel, Merle, Penny, Schoki und Claude verließen die Feier so ungesehen, wie sie aufgetaucht waren und gingen den Weg zurück zu der Stelle, an der sie den Transporter abgestellt hatten.

»Müsste der nicht hier irgendwo sein?«, fragte Merle an niemand bestimmten gerichtet.

»Ja, müsste er«, stimmte Gabriel ihr zu.

Nachdem sie einige Minuten lang die Reihen der parkenden Fahrzeuge auf und ab gegangen waren, holte Gabe sein Handy heraus und rief Heinrichsen an.

Gabriel beendete das kurze Telefonat.

»Und?«, fragte Merle.

»Heinrichsen hat den Veranstalter angerufen und

das Fahrzeug abholen lassen. Vermutlich mit dem Zweitschlüssel, denn den anderen habe ich noch.«

»Und jetzt?«, fragte Penny und zog eine Schnute.

»Was haltet ihr davon, wenn wir uns auf Heinrichsens Kosten ein Taxi rufen?«

EPILOG

Merle vergrub ihre Zehen im weichen Sand und genoss die erfrischende Brise, die die salzige Meeresluft zu ihr herübertrug. Sie reckte ihr Gesicht in die Sonne und ließ sich von den warmen Strahlen verwöhnen. Wie sehr hatte sie dieses Gefühl vermisst, viel zu lange schon, hatte sie es nicht mehr zugelassen. Zu ihrer Rechten könnte sie Westerheversand erkennen, wenn sie die Augen nur fest genug zusammenkniff und angestrengt hinsah, aber sie hatte keine Lust dazu. Am liebsten würde sie den Ort, an dem sie ihre Berufsehre mit Füßen getreten hatte, vergessen. *Familie geht über alles,* hatte Heinrichsen gesagt, und da stimmte sie ihm sogar zu, doch auch an ihn wollte sie jetzt keinen Gedanken verschwenden.

Sie schloss ihre Augen und lauschte den Versprechen des Windes von Freiheit und Gerechtigkeit.

»Hey, Merlin! Kommst du zum Essen?«

Gabriel. Und sie hatte schon angefangen, daran zu glauben, er hätte den Spitznamen vergessen.

Seufzend stand sie auf, hob ihre Sandalen auf und schlenderte über den Strand in Richtung der Stimme und des Aromas nach Grillfleisch und Würstchen.

»Ich komme, Gabe«, rief sie zurück. Sie musste bei Gabes Anblick schmunzeln. Er stand barfuß und nur mit Shorts und T-Shirt bekleidet auf der Veranda der kleinen Hütte und war damit beschäftigt, das Fleisch nicht anbrennen zu lassen. Als sie an ihren vergangenen Einsatz am Westerhever Leuchtturm zurückdachte, überkam sie augenblicklich ein schlechtes Gewissen.

Heinrichsen hatte seine Nichte zur Rede gestellt, als ihm klar geworden war, dass nur ihr Gläschen Sekt für die Droge in seiner Blutbahn verantwortlich sein konnte. Sie hatte es nicht einmal abgestritten und sofort zugegeben, dass sie es gewesen war, weil sie für etwas Stimmung auf der Party hatte sorgen wollen – was ihr in gewisser Weise auch gelungen ist. Swantjes Angaben zufolge waren Erno Heinrichsen und sein Bruder die einzigen beiden gewesen, die *geimpfte* Getränke verabreicht bekommen hatten.

Über den Verbleib von Joost Nielsens Leiche hatte Heinrichsen kein Wort verloren, aber Merle hatte heute Morgen einen Zeitungsartikel entdeckt, in dem es hieß, dass auf einem Fischkutter ein erhängter Mann gefunden worden war.

»Da bist du ja«, begrüßte sie Gabriel. »Komm, setz dich, die anderen müssten auch jeden Augenblick da sein.«

Merle nahm auf der Bank Platz und bestaunte den toll gedeckten Tisch. »Da hast du dir ja richtig Mühe gegeben, Gabe«, lobte sie Gabriel.

»Na, ich hatte schließlich tatkräftige Unterstützung«, antwortete er, und wie aufs Stichwort kam Blablaquatschi aus der Hütte auf die Terrasse geschossen. Gabriel reichte ihm ein kleines, daumennagelgroßes Stück Ingwer, über das sich sein pelziger Freund augenblicklich schmatzend hermachte.

»Und Heinrichsen hat dir tatsächlich den Schlüssel zu seiner Hütte überlassen?«, fragte Merle kopfschüttelnd.

»Ja. Er hat mir erzählt, dass er sie Swantje zur Hochzeit geschenkt habe, sie ihm aber zähneknirschend den Schlüssel zurückgegeben hätte, nachdem sie ihm beichtete, für das untergemischte LSD verantwortlich gewesen zu sein.« Gabriel zuckte mit den Schultern. »Er nutzt sie nicht mehr und findet es gut, dass sich jetzt wieder regelmäßig jemand darum kümmert.«

»Stell dir das mal vor: Du willst Stimmung auf deiner eigenen Hochzeit haben und mischt den Leuten LSD in die Getränke.« Merle lachte, obwohl die Vorstellung absolut nicht zum Lachen war. Gott weiß, was alles hätte passieren können.

»Swantje kann von Glück sagen, dass sie einen Onkel wie Erno hat«, meinte Gabriel.

»Weiß Peter eigentlich, wer dafür verantwortlich war?«, wollte Merle wissen.

»Ich glaube nicht.«

»Hey, da seid ihr ja!« Merle sprang auf, als sie Penny, Schoki und Claude über den Strand zu ihnen laufen sah. »Es ist herrlich hier, nicht wahr?«

»Einfach traumhaft«, pflichtete Penny ihr bei und drückte ihr eine Salatschüssel in die Hand. »Hi, Gabe.«

»Na, ihr drei? Ich hoffe, ihr habt ordentlich Hunger mitgebracht«, begrüßte Gabriel die noch fehlenden Mitglieder seines Teams.

Claude stieß einen anerkennenden Pfiff aus. »Nicht schlecht, Herr Specht!«

»Und wir können tatsächlich herkommen, wann immer wir wollen?«, fragte Schoki, bückte sich und kraulte Blablaquatschi, der die Liebkosung schnurrend über sich ergehen ließ.

»Hat er gesagt«, sagte Gabriel, fasste in die Hosentasche seiner Shorts und zog etwas heraus, mit dem er in der Luft herumwedelte. »Außerdem habe ich den Schlüssel.«

»Wahrscheinlich ist er froh, dass er die zusätzliche *Belastung* los ist«, meinte Claude. »Die Hütte ist ja riesig. Vom Strand rede ich erst gar nicht.«

»Nehmt Platz, das Essen ist gleich fertig«, sagte Gabriel und deutete auf die Sitzgruppe. »Getränke könnt ihr euch selbst holen, der Kühlschrank steht in der Küche.«

Nach dem Essen hatte sich jeder eine Decke geschnappt und sie waren ein Stück den Strand hinuntergegangen, wo sie sich in den Sand setzten, der noch ein bisschen Restwärme von den Sonnenstrahlen gespeichert hatte.

»Schoki?«, fragte Gabriel.

»Hm?«

»Wolltest du uns nicht noch was erzählen?«

»Warum war mir klar, dass du das nicht vergessen würdest?« Sie rollte mit den Augen. »Muss das sein?«

»Nein, es muss nicht sein.«

»Schon gut. Also, es gibt da einen Teil in meiner Vergangenheit, von dem so gut wie niemand weiß. Ich denke nicht gern daran zurück, von daher spreche ich auch nicht gern darüber. Aber da ihr alle so offen wart, denke ich, sollte ich es auch sein.« Sie schluckte. »Ich war siebzehn Jahre alt und ständig auf Achse, war in Klubs, in denen ich nichts zu suchen hatte und kam natürlich auch mit der einen oder anderen illegalen Substanz in Kontakt. Damals war ich mit meinem Freund unterwegs, und nachdem wir aus einem Klub kamen, sind wir zu mir nach Hause. Es muss passiert sein, als ich im Bad war, anders kann ich es mir nicht erklären, jedenfalls haben wir dann noch einen Film geguckt, und mein Freund fing an zu schwitzen, bekam regelrecht Schweißausbrüche, dann redete er wirres Zeug, stand auf und tanzte im Zimmer umher. Er ließ sich gar nicht mehr beruhigen. Wie der Duracell-Hase hüpfte er auf und ab.« Schoki machte eine kurze Pause und holte tief Luft. »Da wurde mir klar, dass er meinen Vorrat an LSD gefunden und konsumiert haben musste. Ja, ich hab das Zeug damals ab und zu genommen, allerdings in homöopathischen Dosen. Irgendwann ist er dann eingeschlafen, ich weiß nicht mehr, wie lange es gedauert hat. Als ich irgendwann am späten Vormittag aufwachte, lag er tot neben mir.« Schoki wischte sich mit ihrem Ärmel über die Augen. »Er hatte einen angeborenen Herzfehler, von dem weder er noch seine Eltern wussten. Grundsätzlich hätte ihn ein Glas Bier, ein Energydrink oder die Fahrt in einer Achterbahn aus dem Leben werfen können, aber es war mein LSD, das dafür verantwortlich war.« Sie schniefte. »Dafür gebe ich mir heute noch die Schuld, obwohl ich weiß, dass es Quatsch ist. Weder habe ich ihn gezwungen, es zu nehmen, noch habe ich es für ihn besorgt. Es war seine freie Entscheidung. Heute wäre Fabians zweiunddreißigster Geburtstag.«

»Geht's dir jetzt besser?«, fragte Gabriel.

»Irgendwie schon.« Schoki zuckte mit den Schultern.

»Wir sind ein Team und für mich seid ihr so was wie meine Ersatzfamilie«, sagte Merle. »Danke, Schoki, dass du uns an deiner Geschichte hast teilhaben lassen.«

»Ich danke dir, Merle. Es wurde höchste Zeit, dass ich mich mal damit auseinandersetze und es rauslasse.«

PERSONENREGISTER

Gabriel ›Gabe‹ Behrens: Hauptkommissar beim LKA Niedersachsen. Leiter der Sonderkommission.

Merle ›Merlin‹ Winter: Oberkommissarin beim LKA Schleswig-Holstein.

Claudine ›Claude‹ Schäfer: Rechtsmedizinerin. Teil der Sonderkommission.

Shakoufeh ›Schoki‹ Gheselbash: IT-Spezialistin. Teil der Sonderkommission.

Penelope ›Penny‹ Moreau: Kommissarin und Assistentin von Gabriel Behrens. Teil der Sonderkommission.

Erno Heinrichsen: Generalstaatsanwalt von Schleswig-Holstein.

NACHWORT

Liebe Leserinnen, liebe Leser,

ich hoffe, dass euch Gabriel Behrens' und Merle Winters fünfter Fall einige spannende Lesestunden beschert und euch der kriminalistische Ausflug nach Westerhever-sand genauso gut wie mir gefallen hat. In meinem persönlichen Newsletter (eintragen auf www.hannah-husum.de) informiere ich euch über aktuelle Neuerscheinungen und als Dankeschön für eure Teilnahme erhaltet ihr gratis die Kurzgeschichte *Mord auf dem Campus,* die Gabriels Vorgeschichte und die erste Zusammenkunft des Teams beleuchtet.

Herzliche Grüße, Eure Hannah

Korrektorat: Jasmin Kraft

Besonderer Dank: Viktoria M. Keller

Cover: Elementi.Studio

Hannah Husum

c/o SP-Day Impressum-Service

Dr. Lutz Kreutzer

Hauptstraße 8

83395 Freilassing

Deutschland

Printed in Poland
by Amazon Fulfillment
Poland Sp. z o.o., Wrocław

33891126R00115